A miniatura

OBJETIVA

ELISA PALATNIK

A miniatura

OBJETIVA

CAPÍTULO I

Hoje vou comer camarões, isto é certo. Saio para comprar esses seres artrópodes em sofisticada peixaria perto de casa, onde os funcionários sorriem o tempo todo.

Eu quero camarões grandes e carnudos, falo para o funcionário, especialmente carnudos; minha namorada gosta de morder um alimento utilizando mais de oito dentes, contando as duas arcadas. O funcionário traz camarões médios e diz aqui estão, senhor, camarões grandes. Eu digo que são médios, ele insiste que são grandes. São médios. São grandes. O dono do estabelecimento explica que até tantos centímetros o camarão é considerado médio, e que se passou disto é considerado grande. Então existe uma tabela?, eu pergunto. Ele responde que é uma tabela moral, o senhor entende?, temos uma ética em relação ao tamanho dos camarões. Sei. Uma ética. Acontece que se eu levar estes camarões, minha namorada me amará um mícron a menos do que amaria se eu levasse outros, maiores. A tabela de medidas da supracitada namorada é diferente da sua, a sua ética em relação aos camarões é putrefata, o senhor é putrefato, o senhor me arranje imediatamente camarões grandes decentes.

Espero a reação do dono do estabelecimento.

Não é uma boa reação, ele não cede.

Atravesso a cidade e vou até uma peixaria em Niterói, a única de confiança que conheço. Lá consigo comprar camarões compatíveis com a minha medição. Pedirei à Sebastiana que prepare — que descasque os camarões, limpe, tire as tripas, não suporto tripas.
Sim, hoje minha namorada há de fartar-se. Além de amar-me desmedidamente.

(Na verdade não tenho namorada, bem que gostaria. Se sou mentiroso? Às vezes. A ética de que eu falava há pouco? A ética é relativa, meus amigos, tem pouco a ver com mentiras. O fato é que passei horas em função de camarões, atravessei a cidade — e para atravessar a cidade fui obrigado a pegar táxis e balsas, e mais táxis. Paguei caro. No entanto, fiquei eu encolerizado com isto? De forma alguma. O dia passou rápido. Eu não diria que foi emocionante, mas ocupou-me o pensamento.)

***

Sebastiana preparou-me uma bela surpresa, estou tocado. Estragou os camarões, os trinta e sete (eram trinta e sete, eu contei). Estragou-os em grupo. Pegou todos, enfiou em uma panela com alho e óleo e esqueceu.

— Sebastiana, você tem noção do que fez?
— Não fiz por mal. Foi sem querer.

— Foi sem querer não é desculpa. Eram trinta e sete camarões. Camarões grandes. Você deixou queimar.

— Desculpe, já disse.

— Isso não vai trazer meus camarões de volta.

— ...

— Estou chateado com você.

— Tá.

— Tá o quê?

— Tá. Só tá.

— Eu quero que você entenda a dimensão. Eu tinha planos, meu estômago tinha planos. Meu aparelho digestivo inteiro tinha planos.

— ...

— Tchau, Sebastiana.

Sebastiana: funcionária do meu lar, 52 anos, parda, gorda; cabelo desconhecido, talvez assanhado (sempre de touca, jamais vi da testa para cima; Sebastiana pode, inclusive, ser portadora de uma vasta cabeleira ruiva, sedosa, que ela esconde eu sei lá por quê — o fato de ser parda não quer dizer que tenha cabelo assanhado. A probabilidade é grande, vá lá, nunca vi uma parda de cabelos ruivos sedosos — no entanto a vida, como todos sabem, é uma caixinha de surpresas).
Carteira assinada, quatro salários mínimos, dinheiro para a passagem. Quase nunca dorme em casa, só quando peço, só quando ela precisa. Comida sofrível. Casa limpa, este mérito não lhe posso negar. Roupa razoavelmente passada, medianamente lavada. Rodapés sempre manchados.
Agora pergunto com franqueza: merece esta Sebastiana quatro salários mínimos? De forma alguma.

***

Chego ao ateliê cedo, antes das oito. Sempre chego cedo. Vou para meu canto, abro o escaninho, pego meu material.
Sou miniaturista. Adquiri este *hobby* pensando em uma maneira de preencher o tempo. Ao contrário de outras pessoas, gostaria que os dias fossem mais curtos — 18 horas, 17, 16. Sou um homem de poucos afazeres. E um solitário.

Para tentar fugir da solidão e do ócio absoluto, entrei, não faz muito tempo, para um grupo de miniaturistas que se reúne duas vezes por semana em um pequeno galpão, para trabalhar. A proposta é também trocar idéias, trazer novidades.
O galpão é pouco arejado, não muito claro, gosto disso: de escuro, de abafado, de bolor, de fermentação.

Chega José Estêvão. Ele quer que eu veja sua miniatura. José Estêvão é assim, sempre quer mostrar-me alguma coisa, sempre quer uma opinião. É obcecado por escalas, milímetros, décimos de milímetros; perde horas com medições, fica louco. Ele diz que o piano de sua sala de música está dando trabalho. Explica detalhadamente como comprou a madeira maciça, como mandou o marceneiro serrar, como o marceneiro serrou com diferença de quase quatro milímetros do que foi pedido. Quer saber o que eu acho.

— Acho que a proporção da estante está errada.
— Será?
— Será.
— Você acha mesmo?
— É o que parece. Mas um leigo não vai perceber, fica tranqüilo.

E saio de perto deixando José Estêvão mergulhado em números, com a respiração ofegante, esquizofrênica. José Estêvão é um homem peguento.

Euclides se aproxima logo depois. Muito organizado, ele. E asseado. Sempre lava o rosto e as mãos ao chegar. Conta que vai colocar uma tela de Brueghel — *La Chute des Anges Rebelles* — na parede de sua biblioteca estilo europeu, século XVI. Mostra-me a foto do quadro em um livro de arte. Admite que será difícil reproduzir figuras tão minúsculas em espaço tão minúsculo, mas não importa, ficou apaixonado pela tela. José Estêvão acha que *La Chute des Anges Rebelles* seria de Bosch e não de Brueghel. Euclides nega, irritado. Os dois discutem de forma moderada, vozes em monocórdio, bastante aborrecido. (Se eu fosse um cachorro é quase certo que morderia José Estêvão; direto na jugular.)
De qualquer maneira, de toda a história, fiquei ciente de que o primeiro nome de Bosch era Hieronymus. Bastante feio, não?

Joaquim, com o sorriso largo de sempre, coloca seu material na mesa comprida do centro. Juntam-se a ele Machado e Bel. Eles gostam de trabalhar trocando idéias. Hoje falam da nossa exposição que será inaugurada em duas semanas. Estão animados, afinal, o evento será divulgado pela mídia e nossos trabalhos apreciados pelo público. Haverá um coquetel na vernissage.

Importante: conseguir que minha miniatura seja fotografada, que saia nos jornais. Sim, fotografia, jornais. Mostrar a meus primos que sou alguém e não um desocupado, apenas.

Eis o plano: no dia do evento, tentar aproximar-me de algum fotógrafo, sorrir-lhe humildemente, oferecer-lhe cigarros. Mostrar-me solícito para alguma coisa (para amarrar o cadarço do seu sapato, por exemplo?).

Inês finalmente chega.
Fico perturbado.
Mulher altíssima, Inês. (Tenho franca preferência por mulheres altas, compridas, mãos grandes, pernas longas.)
Inês tem rosto anguloso, olhos azuis, frios. Como sempre, senta-se afastada de todos, é arredia. Entrou no ateliê há quatro meses, um pouco depois de mim. Na ocasião, troquei algumas palavras com ela, no café.

— Oi.
— Oi.
— Meu nome é Emílio. Está gostando do ateliê...?
— Acho que sim.
— Ah...
— ...
— Você faz miniaturas há muito tempo?
— Desde sempre.
— Ah, bom.

E foi esta a conversa. A partir daí apenas olhares, cumprimentos rápidos, uma ou outra troca de palavras. Algo na morbidez desta mulher me atrai.

Aproximo-me dela, quero saber da cabine de navegação que ela reproduz. Como vai a sua cabine?, está ficando encantadora, mudou bastante desde a semana passada, o leme está perfeito, um piso espetacular, resolveu participar da exposição na quarta-feira?, ótimo, nos encontraremos lá.

Pois então. Além de conseguir foto no jornal, tenho que me aproximar de Inês na *vernissage*. Grande oportunidade.

Imagino Inês nua, completamente nua. No entanto, não gosto do que imagino, não aprecio a nudez. Mesmo preferindo as mulheres enormes eu as prefiro vestidas. Sem roupa me parecem um vasto deserto de carne, tenho a sensação de que minha sede não será aplacada. Por outro lado, apesar de certo desânimo com as mulheres pequenas, com estas o problema se dá em menor grau — a área a ser explorada é menor, consigo ver o abismo: quando um ombro termina, quando um pé se aproxima. Com as altas, o sexo de roupa. Carícias por cima das blusas, saias levantadas. Nuas, jamais. Chego a ter horror, especialmente quando são brancas demais. O deserto fica maior, um mal-estar, a sensação de solidão. É isto. Solidão é o que sinto com as mulheres enormes nuas.

(Tu tens gosto de que, Inês? De avelã? Romãs frescas? Carneiro assado com verduras? Se pudesse te lamberia, Inês. Tuas mãos, teu nariz. Te lamberia por debaixo da blusa. Jamais a tiraria.)

***

Saio do ateliê ainda sonhando com Inês. Pego um táxi e durante o caminho de volta caso-me com ela. A cerimônia é bonita, os convidados são bonitos, até o padre é bonito. Vida harmoniosa, Inês grávida, Inês na maternidade, Inês parindo. Temos filhos altos e alvos. Quando salto do táxi Inês está desesperada, pois ameaço abandoná-la. O motivo é bastante tolo. Pego o elevador, Inês se descabelando por mim, implorando para que eu não a deixe, chega a se morder. Como me ama, a mulher! Ao chegar ao *hall* eu a esbofeteio, depois digo que a amo, ela chora de felicidade.

Entro em casa. Uma desagradável visão me acorda.
Sobre a mesa da cozinha, um prato. Sozinho. Bem no centro.
Nem mesmo talheres Sebastiana colocou.
O conteúdo, aterrador: Batatas, repolho, carne moída. Fico nervoso com isto. Um prato preparado sem o menor equilíbrio nas cores, tudo jogado sobre a redonda superfície. Uma qualidade de alimento encostada na outra. Já repeti incontáveis vezes: exijo distância de pelo menos um centímetro entre um alimento e outro. Além de tudo, a aparência assustadora — as batatas esbranquiçadas, quebradiças; a carne grená, de sangue fermentado (se é que isto existe).
Comprei vários livros para Sebastiana, mostrei fotos de refeições lindamente preparadas, pedi que tentasse reproduzi-las — idênticas porções de comida, distribuição e localização no prato. Mas ela se recusa. E me deixa pratos esteticamente medonhos.

Neste momento, meus pensamentos a respeito de Sebastiana são complexos.

Pego o prato, despejo tudo no lixo.
Lavo o prato.
E então, com uma pancada seca na pia, quebro o prato.
(Se quebrou em três partes, três, essa coisa é engraçada, não?)
Deixo os cacos para Sebastiana ver.

***

Acordo sentindo um gosto de plástico na boca. Tomo banho, escovo os dentes, escovo a língua. Importantíssima a escovação correta de uma língua (um grande receptáculo de odores, o músculo lingual). Visto-me com esmero. Como frutas, queijo, torradas.

Pronto para sair. Para onde, não sei. Quase nunca sei. Dou voltas pelo quarteirão, vou até a praça, ando por ruas movimentadas. Entro em uma papelaria, compro duas canetas. Faço isso porque preciso de canetas? Não. Porque *gosto* de canetas? Definitivamente não. Para justificar minha existência? É isto.

Ainda é cedo, meio-dia, desagradável.

Entro em um banco para pedir informações sobre abertura de contas. Pergunto a respeito dos detalhes da transação. O gerente vibra quando pergunto dos seguros que eles possuem, já conta com a comissão. Digo que talvez queira todos os seguros, quero estar amparado. Ele assegura que o banco há de amparar-me pelo resto dos meus dias, eu poderei inclusive ficar cego, leso, burro. Eu digo que estou pronto, pode trazer os formulários, onde é que eu assino? Ele precisa dos meus do-

cumentos. Meu Deus, devo ter esquecido em casa, vou pegar agora mesmo. Ele fraqueja, sinto por suas narinas dilatadas — todo homem que fraqueja dilata as narinas. Para demonstrar que pretendo voltar, para lhe dar segurança de minhas intenções, peço o número do seu celular. Justifico que é para o caso de eu me atrasar. Sim, esta preocupação mostra que eu pretendo voltar. Tudo combinado, voltarei às três da tarde.
Pois então.
Quando voltarei?
Nunca seria uma resposta esplendorosa.

O importante é que toda esta movimentação preencheu o infernal início de tarde.

***

Resolvo conhecer a galeria onde a exposição de quarta-feira acontecerá. É um lugar razoável, três salas amplas, pé-direito alto. Imagino um bom lugar para a minha miniatura.

Depois passo na portaria de um primo, pergunto se o porteiro entregou o convite que mandei, quero estar certo de que ele não faltará à *vernissage*. Ligo para outro primo, deixo recado em sua secretária eletrônica. Ratifico o convite, tento falar de forma natural.
Dou poucos telefonemas, não tenho muita gente para convidar.

(Não tenho, nunca tive. Fui um jovem de poucas pessoas ao redor. Pais ausentes, tias e primos distantes. Meu único amigo de infância, Vicente, morreu de leucemia aos 17 anos. Eu ia ao hospital quase todos os dias, mas nunca entrei no quarto — não tinha coragem, não vi meu amigo uma só vez. Eu só rezava e rezava. Não me tira este amigo, eu pedia. Vicente faleceu em poucos meses. Naquela época odiei Deus, odiei tudo relacionado, vontade de cuspir, eu só pensava em cuspir.)

***

Noite. Passo no ateliê para dar alguns retoques na miniatura que vai para a exposição. O porteiro reluta em dar-me a chave, mas diante de minha insistência, cede. Faço nova peruca para uma das mulheres que estão ao fundo do salão e conserto a franja de um tapete. Retoco o piso — que imita o mármore rosado. A cor ajudou a criar o clima pesado que eu queria.

Antes de ir embora vou até o escaninho de Inês. Está trancado, evidentemente. Forço a porta. Nada. Bato com força. Nada. Procuro alguma fenda. Novamente não obtenho sucesso. A porta permanece desgraçadamente fechada para visitas. Cheiro o escaninho, pareço um cachorro. Infelizmente este escaninho não tem cheiro detectável por um nariz humano.

(Fascinação por cheiros, eu tenho.)

(Aguarde, Inês, em breve serás inteiramente cheirada por mim. Ah, sim? Preferes ser tocada? Pois então, tocada serás. Mas primeiro, cheirada.)

Quando saio do ateliê vejo Joaquim, Machado e Bel em um bar. Como eu, vieram finalizar suas minúsculas obras, combinaram de vir juntos. São bons amigos, os três. Sento-me com eles. Falamos mal de José Estêvão, de suas manias, da pobreza de seu trabalho. Rimos um bocado.

Joaquim conta da casa que está reformando. Ele é arquiteto. Fala da chateação da obra, de problemas com os operários, de como lidar com eles. Joaquim é expressivo, fala gesticulando muito, parece um sujeito feliz. Essencialmente feliz.

Machado é reservado, ouve mais do que fala. Não tenho opinião sobre ele.

Bel é divertida, conta dos filhos que vivem se estapeando. Fala do marido também. Ela bebeu demais e fala mal deste marido, sem freios. Meu marido só ajuda com dinheiro, todo fim de mês o dinheiro está lá, antes ele não era assim, quando começamos a namorar eu era apaixonada, ele fazia cócegas na minha nuca, muitas cócegas. Bel continua a beber e a falar. O problema é que ele esqueceu que eu tenho nuca, esqueceu das cócegas, esqueceu que eu tenho boca, esqueceu que eu tenho pernas, nariz, orelha, ele não sabe nada sobre preliminares, aí está o segredo do universo, as preliminares. Orgasmo não é tão fundamental como as preliminares, eu morreria por uma boa preliminar, viva as preliminares!

É nítido que Joaquim e Machado não estão confortáveis com o assunto, assim como eu. Bel, alteradíssima, não pára: Acho inclusive que cada pessoa deveria fazer um mapa do próprio corpo, destacando em cores as áreas mais sensíveis ao toque, em outras cores as partes não tão sensíveis, enfim, uma espécie de manual. Pescoço pintado de amarelo, barriga de verde, seios de vermelho, sendo vermelho a graduação máxima da sensibilidade. No meu caso eu deveria colorir a parte posterior da orelha de vermelho, fico maluca com isso, já nas imediações da virilha...

Joaquim interrompe.

Bel, você bebeu demais, melhor ir para casa, eu te levo.
Eu quero continuar a falar, me deixa, eu vou falar.
Não vai.
Vou.
Chega por hoje.
Me deixa, eu preciso falar, o meu companheiro tem que se dedicar às áreas em vermelho, quero muitos beijos nas áreas em vermelho, mas não só beijos, quero que ele olhe para essas áreas e diga, sua área tal é linda, você é linda, sua pele é macia demais, você tem curvas espetaculares, curvas encurvadas, você é toda convexa, você não tem arestas, impressionante uma mulher sem arestas, é isto que eu quero que ele fale.

Bel chora. Os garçons nos olham, as pessoas das outras mesas também. Machado não sabe o que fazer. Joaquim segura as mãos de Bel e fala com carinho: você vai ficar bem.

(E eu? O que penso de tudo isto? Penso que com Inês não serei assim, se Deus me der a oportunidade de possuí-la. Tomarei cuidado com as preliminares. E penso, por pura brincadeira — porque o pensamento também faz brincadeiras —, que talvez eu devesse me candidatar para aplacar a fúria das áreas vermelhas de Bel. Que brincadeira mais canalha, alguém diria. O pensamento às vezes é assim, canalha, eu responderia.)

***

É tarde, quatro da madrugada. Odeio noite, odeio madrugada, odeio quatro. Ando pela casa. Vou do quarto até a cozinha, da cozinha até o quarto. Entro em pânico. Nada para fazer, nada que abrande a angústia da solidão (cruel demais esta qualidade de angústia, a que sinto agora). Carteados não me apetecem, não tenho fome, ninguém para conversar, nada que preste na televisão. Pânico.

(Simular um ataque cardíaco, é isso. Chamar uma ambulância. Até descobrirem que nada tenho levará horas, será mais uma noite a ultrapassar sem mergulhar na loucura — o ócio enlouquece. Pensando bem, não é boa idéia simular um ataque cardíaco agora. Isto exige concentração, energia, disposição. Decididamente não estou tão bem para conseguir me mostrar tão mal.)

Sorte. Encontro no quarto de Sebastiana uma revista relativamente nova. Folheio a revista (de baixíssimo nível). Mulher espancada pelo marido. Sogra espancada pelo genro. Assassino profissional ao lado da família — quando ele ainda não era assassino. Senhor de meia-idade morto em seu apartamento na Tijuca. Técio Caldeiras é o seu nome. Por incrível que pareça, a impressão da revista é de excelente qualidade. Gosto disto. Examino a fotografia do senhor da Tijuca. Ele tinha cabelos brancos, bigode, barba. Roupa desarranjada, uma só abotoadura. (Uma só abotoadura?) Leio a matéria. Nada foi roubado. Leio ainda: ausência de luta corporal. Estranho. Se não houve luta corporal, onde estaria a outra abotoadura, no formato de âncora? Outra foto deste mesmo senhor, horas antes de sua morte, tirada por uma irmã. Nesta, ele está com as duas abotoaduras — uma delas (a que falta na outra foto) com um riscado na pintura da bolinha do meio. Engraçado uma abotoadura em forma de âncora. (Gosto de âncoras, do *design* de uma âncora. Gosto também do *design* de cachimbos e violinos.)
Apesar do desprezo, no fundo também gosto desta revista.

***

Quarta-feira, dia da exposição. Passo horas me preparando. Pela manhã faço seleção da roupa que usarei. Para escolher uso um método cansativo: faço força para me imaginar com cada camisa, cada calça. Tenho exatamente 12 calças e 26 camisas — pensar na combinação de todas leva tempo.
Depois de minuciosa avaliação, escolho a calça bege.

Fico entre uma camisa cor de salmão e uma preta. A salmão é mais formal. A preta me obriga a lavar o rosto várias vezes, já que me deixa (talvez em função do contraste) com aspecto engordurado. Em compensação fico mais agressivo, mais artista.
Sim, vamos à camisa preta. Agressividade é o mais importante. Quanto à cútis oleosa, lavá-la, fazer o quê?
(Emílio Torres, é a sua oportunidade de mostrar aos primos. Camisa preta. O artista. O furioso.)

Escolho o melhor sapato. Novo. Estalando de novo.
Sapatos são importantes, a primeiríssima coisa que de fato conta na avaliação de um ser humano. Os pisantes.

A cueca é a de número seis. (A propósito, tenho cuecas numeradas.)

Pergunto à Sebastiana se estou bem.

Está normal.

Às vezes Sebastiana me irrita. Você me irrita, Sebastiana. Qualquer dia arranco sua touca, embaraço a sua cabela (no feminino, cabela).

***

Chego à galeria, vou direto ao salão principal. Não vejo fotógrafo algum. Dois grupos de desconhecidos conversam em um canto, todos com expressão desanimada. Machado chega, acena para mim, eu aceno de volta. Conversamos um pouco.

Outro grupo de pessoas entra falando alto, espalhafatosamente. São parentes de José Estêvão. Ele carrega o bando, o gado, para ver a sua pouco inspirada miniatura. Como o piano não ficou pronto a tempo, resolveu expor o trabalho anterior: uma praça com um coreto no centro. O coreto, de poucos encantos, com músicos formando uma banda. Cada músico com seu instrumento. Nada mais sem graça. Sim, há algo mais sem graça: o pálido maestro, com semblante aéreo, sem expressão, sem nada. Uma bela porcaria a miniatura de José Estevão.

José Estêvão apresenta-me à família. Sua esposa; a sogra, a cunhada (sem buço), o irmão e o sogro. Cumprimento a todos com ar distante, deixo claro que não desejo iniciar nenhum tipo de conversação.

José Estêvão quer minha opinião sobre sua miniatura, sobre a iluminação que colocaram e o lugar em que está localizada. Elogio a miniatura, a iluminação, tudo. Sou bastante falso quando quero.

Mais algumas pessoas chegam, entre elas Euclides, Joaquim e um irmão. Mais alguns expositores, mais famílias. Deve ter umas cinqüenta pessoas.
Nada de fotógrafo.
E pior. Nada de Inês.

(Onde te escondes, Inês? Coloquei sapato novíssimo, estou de barba feita, passei perfume. Cheiroso para você, somente para você.)

Perambulo pela exposição cumprimentando rapidamente um e outro. Paro para examinar a miniatura de Machado. Uma saleta. Tapetes, lareira, um homem morto, sentado em uma poltrona velha. Taça quebrada sobre o piso, um caco de vidro em uma das mãos, o pescoço rasgado, sangrando. Bem-feito, bem-acabado, sombrio. Adoro o lado sombrio de tudo. Talvez por isto não goste de José Estêvão. Pode-se virá-lo, revirá-lo e nenhum traço sombrio em sua rasa personalidade. É só aquela felicidade barata, comprada em algum armarinho de gente de bem. Gente de bem? O que será isto, meu Deus?

A responsável pelo evento (Cida) vem cumprimentar-me. Está dando uma espécie de plaquinha a cada um dos expositores. Aproveito para perguntar de que maneira a exposição será divulgada. Ela diz que espera a repórter de um programa vespertino que vai filmar as miniaturas e conversar com os par-

ticipantes. Combinou também com a produtora de uma revista de arte. No entanto, ninguém apareceu até agora. Talvez o trânsito. Ela se afasta, aflita, dizendo que vai telefonar, procurar saber o que aconteceu.
Acho bom.

É a vez de Bel chegar acompanhada do marido e de uma amiga. Olho para o marido de Bel e lembro de preliminares e áreas em vermelho, e áreas em verde, e orgasmos e etc.
Apresentações, simpatia, prazer em te conhecer.
Bel me apresenta também à amiga, Norma.

Norma tem um sorriso quadrado. No entanto, quando fecha a boca, esta assume formato triangular. E ao final de cada frase contrai os lábios formando um círculo. Uma verdadeira aula de trigonometria a bocarra da mulher. Eu e Norma engrenamos uma conversa. Ela se mostra interessada pela minha miniatura, faz perguntas sobre o processo, sobre a feitura, sobre tudo. Eu também pergunto um bocado de coisas a seu respeito. Norma se comporta com polidez. Contudo, tenho a impressão de que ela, sutilmente, se insinua. De repente, batidas do coração aceleradas. Vejo Inês. Ela está sozinha. Invento uma desculpa para afastar-me de Norma.

Cumprimento Inês, tento não mostrar meu nervosismo. Juntos, vamos até o outro salão ver sua cabine de navegação. Um comandante junto a um marinheiro; leme, painéis de controle, vários botões, uma âncora decorativa pendurada na parede junto com alguns quadros; outros detalhes como livros, mapas, cadernetas. Tudo minúsculo. (Engraçado, algo me perturba no trabalho de Inês. Alguma coisa estranha na cabine.)

— Gostei da cabine.
— Achei que não ia terminar. Sou detalhista, tudo tem que ser como eu quero.
— Você já deu uma olhada por aí? O que achou do resto?
— Algumas melhores, outras piores. A sua é estranha.
— *Eu* sou estranho.

E rimos.

(A minha miniatura: Salão de baile, festa a fantasia, pessoas fantasiadas. No centro, um porco com máscara e capa.)

— Você quis dizer alguma coisa com o porco?
— Não.
— Melhor assim. Ridículo esse negócio de ter que dizer alguma coisa.
— Escuta... quer tomar alguma coisa comigo depois da exposição? Bater um papo em algum lugar?
— Acho que não. Amanhã acordo cedo. Tenho trabalho.
— Você trabalha em quê?
— Em uma loja.
— Ah...
— Pois é.
— Talvez um outro dia. Um café.
— Um outro dia. Vamos combinar.
— Ótimo.

Inês vai falar com Bel. Eu, agitado com a possibilidade de um café. Nada mau, um café. Até que me saí bem. Sem cerimônia, tentando aparentar tranqüilidade, a chamei para sair. Vejam só, conversamos poucas vezes e já a chamei para um encontro. Completamente desembaraçado, ousado até. Ela titubeou, mas fui agressivo, insisti, ela cedeu. Cedeu porque lhe interessava. Se não quisesse, duvido muito. Não é o tipo de mulher que aceita convites por cerimônia de dizer não. Pelo contrário, imagino que diga *nãos* a rodo, *nãos* com um sorriso gélido nos lábios. Para mim disse sim, é o que importa. Acertei com a camisa preta. Sim, postura furiosa. Se de salmão estivesse, talvez levasse um redondíssimo não. Evidente que não se trata apenas da camisa, mas da minha pessoa. Sem querer ser exibido, impressiono. Não a todos, claro. Para a maioria, uma figurinha, apenas. No entanto, tem dias em que me sinto poderoso, gigante até. E hoje, de camisa preta e pele alva graças a várias lavadas durante a noite, é um deles.

Norma surge novamente em meu caminho, desta vez com outra postura, outra intenção. Depois de muitos copos de vinho não se mostra reservada nem sutil. Deixa, isso sim, um naco de sua vulgaridade à mostra. Bem à mostra. Me puxa para trás do módulo de alguma miniatura e me toca (a boca em todos os formatos possíveis. Possíveis para uma boca). Na falta de alguma reação melhor eu gaguejo. Ela diz que vai me esperar na porta. Procuro Inês com os olhos, não a vejo. Felizmente não me viu conversando com Norma.

Machado diz que Inês foi embora, tinha outro compromisso. Murcho, eu fico. Seco. Nada de líquidos correndo pelo meu corpo; só pedras e pedregulhos.

***

Norma se mostra uma devoradora de homens assim que entramos em seu apartamento. Tira o vestido em uma velocidade espantosa e deita no sofá da sala com os olhos fechados.

Visualizo mentalmente o movimento *possível* dos nossos corpos sobre o sofá e chego à conclusão de que aquele móvel é pequeno para nós. Além do que, tem um gato sobre a mesa com olhos fixos em mim. E sou alérgico a gatos que olham para mim.
Pensando em como proceder, ganho tempo alisando um dos seios de Norma. Um péssimo seio, com um bico bem maior do que o normal. O fato de ela estar nua já me desagrada, mas a visão aterradora do bico do seio sela minha impotência naquele momento. Digo que estou tonto, enjoado, que bebi muito na festa e que preciso ir ao banheiro. Nada mais humilhante para uma mulher, já em posição de coito, do que ser informada de que não será possuída agora, *talvez* daqui a cinco minutos, *se* o parceiro já tiver vomitado.

Quando volto do banheiro Norma está vestida, séria, sentada no sofá. Sou teatral, peço desculpas, digo que não estou acostumando a beber tanto, teço novos elogios a ela. Ela me olha com cara de ninfomaníaca nível dez e avança. Desta vez não se despe, mas começa a desabotoar minha calça. Socorro. A cueca de número seis será violada. Penso rapidamente que não seria bom decepcionar, já que a bocuda é amiga de Bel e poderia me difamar. Decepcionar está fora de cogitação.
Estratégia rápida para um gozo técnico: tentar não pensar no bico do seio de Norma, pensar em outro bico de seio, de quem?, de alguma atriz de cinema?, o seio das americanas, o seio das italianas, o seio da gorda de *Amarcord*. Não está funcionando, meu querido pênis não reage, lembrar de Inês, um beijo em Inês, isto também não funciona, ainda tenho poucos elementos para imaginar Inês desta forma, pênis cada vez menor, um mosquito quase invisível, preciso me concentrar,

lembrar da adolescência, da visão de uma prima saindo do banho, reação, estou começando a reagir, me concentrar na prima, Rosália era seu nome, o rosto angelical de Rosália, a calcinha de Rosália, o sutiã de Eulália, irmã de Rosália, um sutiã branco, delicado, ereção quase completa, o sutiã de Eulália, a calcinha de Rosália, as duas no casarão vazio, eu espiando por trás da porta, uma calcinha de algodão com detalhes em amarelo, Rosália linda, com cabelo escorrido, Eulália abrindo o sutiã ligeiramente transparente, ereção completa, ejaculação em jato, grito rouco.
Gotas de sêmen se misturam com gotas de suor. O calor é infernal, ainda mais com a energia despendida. De repente lembro de Norma (tão distante estava, pensando em Rosálias e Eulálias, que esqueci dela). Abro os olhos e a dona da boca contorcionista sorri. Sorri não sei de quê, já que sua participação foi quase nula neste (lírico?) acontecimento.

***

Deitado para dormir, tento esquecer da melancólica experiência com Norma, do horrendo sofá de Norma, do esquizofrênico gato de Norma.

Os primos.
Nenhum apareceu na exposição. Recalcados porque não tiveram a minha sorte: pai rico, herança, vida boa. Trabalhar para quê? A família esperando que eu fosse advogado. Estudei para isso, fiz faculdade, me formei. Mas não agüentei a pressão. A falta de vocação, a expectativa da família, o péssimo trabalho — sempre fui péssimo advogado. Desisti. E agora? Fazer o quê? Nada. Gastar minha fortuna, uma fortuna para toda a vida. Pois levo vida de rei, faço o que quero.

Os primos não vieram.
Não perdôo.

Convidados meus que vieram: André, o advogado que cuida dos meus papéis, dos meus documentos, da minha vida em celulose. Rosa, minha ex. A enteada de Rosa. O irmão de Rosa. E só. Todos demonstraram gostar da minha miniatura. (Penso em Vicente. Se estivesse vivo é certo que compartilharia comigo este momento.)

Os olhos quase fechando, as idéias se embolando, lembro da miniatura de Inês. Estranha. Alguma coisa estranha. De fato.

***

Ateliê. Duas semanas já se passaram desde a exposição e nem sombra de Inês.
Na verdade, nem sombra de mim.

Tento concentrar-me em minha nova miniatura. É impossível. Minha mão treme ao tentar colar microscópicos botões em uma saia do século XVI (é a primeira miniatura que faço ambientada naquele século).

Dou uma olhada em volta: Machado, Joaquim, Bel (faltam Euclides, Inês e José Estêvão). Contando comigo, somos sete neste grupo.
Sete tem algum significado para mim? Nenhum.
Sete é o número da cueca que uso para ocasiões mórbidas? Sim.
Eu deveria estar vestido com ela agora? Isto é fato.

Bel me chama em um canto, quer saber o que achei de Norma. Digo que a achei boa pessoa. (Boa pessoa? Sou cínico quando convém.) Bel espera outro comentário, mas nada digo. Somos interrompidos por um José Estêvão eufórico, que acaba de chegar. Ele nos mostra uma revista mensal com elogiosa matéria sobre a exposição, ilustrada com sua miniatura. (Disfarço o meu mau humor.) (Será que José Estêvão tem primos? Pois eu tenho.)

***

Vou ao *Marché aux Miniatures* — a filial no Brasil da famosa loja francesa especializada nestes artigos. É gigantesca, elegante, atendimento diferenciado, coisa de primeiro mundo. Só miniaturas. Seção de cadeiras dos séculos XVII, XVIII, XIX, XX. Seção de mesas dos mesmos séculos. Seção de pisos, de telhas, portas, maçanetas (quantas maçanetas, meu bom Deus!). Seção de garrafas, copos, talheres. Uma seção especialmente de vasilhas — mais de quatrocentos modelos; vasilhas remontando à era mesozóica, vejam só. Procuro a seção de relógios quando, em um espasmo de tempo, meus olhos captam um vulto. De repente, adrenalina jorrando aos borbotões: Inês na seção de papel de parede. Nervoso, imagino rapidamente a melhor maneira de aproximar-me.

1 — Simplesmente chamar seu nome: Inês!
2 — Cutucá-la: Inês...?
3 — Aproximar-me por trás, pousar as mãos em concha sobre seus olhos: adivinha quem é?
4 — Tascar-lhe um beijão na boca.
5 — Deitá-la entre as prateleiras e proporcionar-lhe um belo orgasmo.

Inês vem na minha direção. Andar duro, nem o mais leve requebrado. Um soldado russo, isso sim. Pergunto por que não tem ido ao ateliê, ela diz que está ocupada. A loja em que trabalha entrou em liquidação, o trabalho redobrou. Voltará a freqüentar o galpão. Comentamos sobre o *Marché aux Miniatures*, Inês faz suas críticas.

— O miniaturista verdadeiro constrói uma mesa, uma cadeira. Ele usa a criatividade e a habilidade para que um pedaço de pano pareça um tapete.

(Dou razão a ela.)

— Com uma loja dessa qualquer um pode juntar uns móveis, umas portas, umas paredes, e pronto, tem uma miniatura pronta. Absurdo isso.

(De fato.)

— Uma coisa ou outra, vá lá. Mas tudo pronto, mastigado? Não concordo com a filosofia da loja.

Proponho que continuemos o assunto em algum lugar mais tranqüilo. Ela concorda, eu a levo para um restaurante que fica na redondeza. A verdade é que já não temos mais nada para falar sobre a *Marché aux Miniatures.* Para não deixar que silêncios tomem conta deste primeiro contato mais pessoal (dão péssima impressão, os silêncios), falo sobre inutilidades. O tempo. O calor. A umidade relativa do ar. Falo do restaurante em que estamos, o refrigerador formidável, os garçons solícitos. Teço comentários a respeito das carnes do estabelecimento e do tempero exótico. (Silêncio à vista. Perigo.) Os peixes! Também são ótimos. Assim como as aves. Essas são de lamber os beiços. (Nova ameaça de silêncio.) (E agora? Falar sobre guardanapos?)

Pergunto sobre o trabalho de Inês. Ela fala com desprezo: odeia ser vendedora, odeia a gerente, odeia os consumidores de um modo geral. Inês odeia muitas coisas.

Sinto agora um certo orgulho: esta mulher que odeia tanta coisa aparentemente não me odeia. Sinto-me especial. Diria que este é um dos raros momentos em que eu daria pulos. Beijaria um garçom, morderia um bife cru, faria o diabo. Inês, a pessoa que tudo odeia, está comigo em um restaurante, conversando, conversando, conversando, a boca trabalhando, o pensamento funcionando, a voz saindo, a saliva se formando, a língua se movimentando. Espia o trabalho que a mulher está dedicando a mim.
Começo a soluçar de ansiedade. Esta sensação toda, esta mulher que tudo odeia, esta mulher comigo, o orgulho, a euforia. Tomo água, disfarço. O soluço passa.
Que bom, diz Inês, soluço é péssimo.

Conto para Inês sobre a família de José Estêvão. Conto especialmente sobre o comportamento do pequeno histérico. Ela ri do que falo, ri muito.

É bom rir com Inês, ver seus dentes brancos um ao lado do outro, harmônicos. No entanto, eu nunca mais os veria com tanta fartura. Daí para diante, mesmo a namorando, dentes recolhidos, o semblante sério, grave.

***

Começo a sair com Inês.
Restaurantes, cinemas, teatros, concertos.
Primeiro beijo, boca tensa, língua nervosíssima, língua com gastrite.
Mais passeios. Museus, parques, *shoppings*.
Primeiro intercurso sexual no ateliê, sobre a grande mesa central, certo dia depois que todos se foram. Saia levantada, ge-

midos ecoando em meio às miniaturas, arranhões, nota mil, mil.

(Inês, és minha agora, minha gansa. Estou feliz, uma felicidade de cor indefinida, talvez um vinho escuro: a felicidade é uma beterraba gigante. Inês, se prepare: quero cheirar teu couro cabeludo, dentro do umbigo, a última dobra da tua parte mais íntima. Qual será o cheiro da tua dobra mais íntima? Mesmo se cheirar a coalhada, Inês, mesmo.)

***

CAPÍTULO II

Dezessete cuecas, todas brancas, todas iguais, numeradas com caneta especial. Usar, lavar, passar, colocar na gaveta. Escolher a de número cinco hoje, um dia ensolarado, pássaros no céu azul. Sim, hoje é definitivamente um excelente dia para se usar a cueca de número cinco. Um grande número o cinco, não acha? Eu acho.

(Inês, o que achas desta cueca? Gostas? Para ti colocarei, minha comprida, minha longilínea; para que aprecie este depósito das minhas jóias mais valiosas.)

Inês e eu continuamos a freqüentar o ateliê normalmente. Ainda sentamos separados, nos falamos pouco, discrição total. Mesmo assim os colegas perceberam que existe uma espécie de vínculo carnal entre nós. Como perceberam? Simples. Devido à existência das fungadas. Fungadas cheias de significado, quase uma sonoplastia dos sentimentos (concordo que é pouco lírico, mas decididamente uma linguagem das mais autênticas, a linguagem das fungadas).

Devo deixar claro que tais fungadas são espécimes raríssimos, visto que Inês não é chegada a paparicos. Gelada ela é, quase

um sorvete. Vez por outra me ressinto, gostaria que ela destinasse uma das mãos apenas para fazer-me carinhos, a outra poderia usar a seu bel-prazer. Às vezes ardo, choro, um desejo absurdo de que ela me toque, apenas me toque sem parar.
Nada.
Zero.

***

Hoje faz dois meses que namoro Inês.
Acordo bem disposto, cantarolo alguma música.
Vou até a cozinha dando pancadinhas na parede do corredor; pancadinhas seguidas, ritmadas, divertidas. Fico com as juntas da mão avermelhadas.

— Um café, Sebastiana. Tenho que sair.
— Não tem café.
— Como não tem café?
— Acabou.
— Por que você não comprou?
— O senhor não deixou dinheiro.
— Eu não sabia que precisava.
— O senhor não perguntou se precisava.
— *Você* devia dizer: preciso de dinheiro pra comprar café.
— Como eu ia saber que o senhor ia querer café?
— Eu sempre tomo café.
— Toma porque tem. Não, talvez, porque quer. Não dá pra adivinhar.

A lógica de Sebastiana é devastadora.
Nestes momentos minha memória é ativada, lembranças surgindo não sei de onde, minha infância. Minha mãe tentan-

do explicar sua ausência durante várias noites seguidas. Ela tinha muitas amigas, sempre amigas que conhecia no trabalho, com problemas que precisavam de seus conselhos. Ela não percebia que eu já tinha idade para detectar suas mentiras — um amante, vários amantes, a devassa da minha mãe. Eu me trancava no banheiro, abria os potes de remédio e contava os comprimidos — para matar o tempo, matar a confusão. Tomava banho e ia para a cama da minha mãe, pingando; deitava na colcha. Deixava tudo molhado, era a minha vingança.
Uma vez cortei minha perna com um caco de vidro. Foi doloroso. Mas o pior: foi difícil. A pele não rasgou com facilidade. Eu com o caco, fazendo força, a pele resistente, a pele que não se rompia, eu esperando o sangue, sem sangue ninguém se comove, onde está o sangue, eu vou estraçalhar essa pele, a dor, eu vou arrebentar essa pele, muita dor. Se rompeu. A pele se rompeu.
Telefonei para minha mãe. Ela veio logo em seguida, satisfatoriamente preocupada. No entanto, durante o curativo no hospital, entrevi sua irritação, sua pressa. Ela deixou-me em casa com uma vizinha e se foi. Meu pai, sempre viajando, nunca sabia de nada. (Por que lembrei de minha mãe? Já nem sei.)

Volto à Sebastiana, à sua lógica.

— Não vou tolerar falta de café nunca mais, Sebastiana. Nunca mais. Outra coisa. Você está esquecendo de me dar os recados da Inês. Não quero que isto se repita.

Sebastiana não gosta de Inês, não gosta, não gosta. Mas isto é um outro assunto. Complicado também.

Compro rosas, bombons de licor e vou à casa de Inês ainda pela manhã. Dois meses, querida. Ela agradece os presentes, me abraça, me beija. Coloca as flores em um vaso. Eu não como bombom de licor, ela diz, mas a gerente da loja come, ela come qualquer coisa, a mulher é uma avestruz.

Inês não percebe a indelicadeza de suas palavras. Não faz mal, que leve os chocolates para quem quiser contanto que tenha percebido meu gesto de carinho, contanto que tenha percebido minha melhor intenção.

(Minhas intenções são as melhores, Inês. Quero que nossos corpos promovam um exemplo matemático de interseção; corpo A e corpo B. A nossa interseção se chamaria C. Não é bonito isto de interseção, Inês, querida? Pois então.)

Inês sai para trabalhar, peço uma carona no táxi.

— Vou ficar no prédio da Bolsa.
— O marido da dona da loja trabalhava na Bolsa e teve um enfarte.
— Que coisa...
— Engraçado. Você consegue se manter calmo.
— Consigo.
— A que horas você sai hoje?
— Vai depender do movimento, da economia, do mundo, de tudo.
— Então nos vemos no ateliê.

Salto do táxi, espero que ele arranque. Dou a volta no quarteirão, pego outro táxi e volto para casa.

Passo o resto da manhã fazendo uma minúscula mesa. Serro a madeira e parto para o polimento. Não suporto polir, a poeira irrita-me a mucosa nasal. Pinto a madeira, admiro a pintura, falo sozinho, me elogio. Olho-me no espelho, faço caretas. Grito sem som, só o formato da boca, a expressão. Olho novamente para a mesa. Ela ficará bonita. Colocarei na miniatura que estou fazendo para mim — uma sala. Apenas uma sala. Nunca fiz nada para mim, quero me dar de presente de dois meses de namoro.

Depois leio. Minha leitura é eclética. Leio um livro sobre criação de *escargots* enquanto leio Fitzgerald.

Durmo um pouco antes do almoço apesar do barulho do aspirador de Sebastiana.

Sonho que estou em uma igreja, no altar. Inês vem em minha direção, nua — apenas o buquê nas mãos. O padre sussurra em meu ouvido que tenho sorte em casar com uma moça de umbigo completamente redondo — isto é sinal de prosperidade, está na Bíblia. O padre lê um trecho da Bíblia: "Vê o umbigo da pessoa que amas. Se ovalado for, fuja. Se laceado for, escarneça, vomite sangue, morra queimado, e jamais torne a olhar para esta escolhida do demônio. Se redondo for, regozijes do prazer de dividir a alma, a mesa e a cama com a dona de tão rotunda cavidade. Ela lhe trará prosperidade em forma de metal precioso, que vem do solo, ingênua terra das minhocas." O sonho prossegue, o rosto de Inês se transforma no rosto de Norma, depois é Inês novamente. No sonho, tento tampar meus olhos para não ver a nudez de Inês, pavorosa, branca. Chega a ofuscar minha visão. Agora é um branco impossível de olhar. Eu grito, agarro o padre, mando que ele mate Inês, mando que ele pegue um santo e o acerte na cabeça de Inês, essa mulher só morre com golpes de santo, tenho certeza, de outro jeito não morre, eu digo.

Acordo sacudido por Sebastiana. Ela traz um pano úmido, passa em meu rosto, manda que eu beba água, me abana com um jornal. Aos poucos me recomponho deste sonho, da angústia, da sensação de horror. Sebastiana quer chamar o médico. O senhor está parecendo um fantasma, seu Emílio. Não quero médico, quero ficar sozinho. Mando Sebastiana para casa. Sebastiana diz que não vai, não vou deixar o senhor desse jeito. Sebastiana gosta de mim.

Tomo um banho demorado. Água caindo sobre o rosto, pensamentos variados, sabonete, xampu, apreciação dos azulejos, um deles está com uma rachadura, tenho que mandar trocar, não posso admitir rachaduras, é um desleixo. Som de celular. Desligo o chuveiro correndo, tropeço na toalha, me atrapalho todo. Alô.

— O que houve, Emílio? Você está agitado.
— Muita correria aqui no trabalho.
— De onde você está falando?
— Do corredor. Saí do pregão. Daqui dá para te ouvir. Fala.
— Sabe o livro azul, das miniaturas? Que eu comprei semana passada.
— Sei.
— Esqueci na tua casa anteontem. Se você passar lá antes de ir para o ateliê, leva pra mim.
— Certo.
— Quero tentar aquela técnica para os pisos.

Às vezes acho que Inês sabe de tudo — que não trabalho, que levo vida de vento. Se sabe, nada diz. De certa forma lhe convém, estou quase sempre disponível (a não ser quando me coloco indisponível, na tentativa de parecer ocupado).
Talvez ela nada pense. Talvez ache que esse trabalho permite um horário flexível.
Melhor assim.

***

Coincidência. Eu e Inês nos encontramos na porta do galpão do ateliê. Nos damos um beijo formal, sem línguas. Nem pensar em línguas, línguas somente em ocasiões especiais. Encontro de lábios é o máximo que esta mulher permite; e ainda assim com lábios contraídos, duros — nada de lábios entregues, nada de lábios-travesseiro-de-penas-de-ganso. Durante a rápida encostada de beiços, aspiro o ar que circunda Inês. Hoje ela cheira a amêndoas — a alcaparras com amêndoas. Inês parece o saboroso molho de trutas. Ela pega seu livro e me conta rapidamente como foi seu dia na loja.

— A Sônia é uma vaca.
— Calma.
— Calma nada. Uma cliente que sempre compra comigo, ela encaminhou para uma novata.
— Talvez ela quisesse ajudar a moça.
— Ela queria me ferrar. Ela queria me esfedegar.

(Inês inventa palavras. Ela gosta disto. Esfedegar, por exemplo. O que é esfedegar?)

— Calma.

— Pára de falar calma, isso me irrita. Vou misturar o estoque todo, ela vai ver. Vou trocar tudo. Ela vai ficar louca. Ela que esfedegue a mãe dela.

Voltar a pensar em Inês agora, lembrando do cheiro de amêndoas, romanticamente, fica um pouco difícil.

No ateliê eu e Inês nos separamos. Nos dirigimos, cada qual ao seu escaninho, cada qual à sua mesa. Ela senta de costas para mim. Outra indelicadeza? Não sei. Talvez Inês ame com polidez excessiva.

Inês veste uma blusa lilás de tecido fino, colada ao corpo. Enquanto lixo um pedaço de madeira, observo o desenho de suas costelas. Conto as costelas, uma duas três quatro cinco. Poético isto de contar as costelas do ser amado. Pois eu me imagino acariciando os citados ossos, e mais outros, identificando-os debaixo da roupa: úmero, omoplata, rádio, cúbito. (O que penso nestes momentos? Penso que Inês daria grande felicidade aos cachorros.)

Machado e Joaquim sentam perto de mim. Conversam sobre cinema. Quando eu era adolescente terminei um namoro de oito meses por causa de um filme, conta Joaquim. Essa minha namorada adorou *Ano Passado em Mariembad*, gostou do inconsciente do filme. Tive que terminar com ela, não posso beijar uma mulher que gosta do inconsciente de um filme. Pelo amor de Deus, o que isto significa?, significa que ela é uma imbecil.
Ainda no quesito "filmes incompreensíveis", citamos Godard, Emmerich (não o Roland, o outro), Buñuel. Falo que gostei de *O Fantasma da Liberdade*. Então, diz Joaquim, eu não namoraria você se fôssemos veados.

Machado ri com gosto.
José Estêvão se junta a nós, atraído por nossos risos.

Falo que certa vez me masturbei no cinema.
Silêncio no galpão.
Meu comentário causa mal-estar. Não sei por que falei isto, espero que Inês não tenha escutado.
Escutou.
Ela olha para mim de sua longínqua mesa, o cenho franzido.
E vira de costas. (Cada costelão impressionante.)

Quebro o silêncio dizendo que vou tomar um café no bar da esquina.
Todos agem fingindo naturalidade.

***

Inês está calada, mais do que o normal. Não gostou quando eu pedi para dormir em sua casa. Pergunto se o problema é o que falei no ateliê, anteontem. Ela confirma com seu silêncio. Digo que o fato aconteceu quando eu era garoto, que foi uma brincadeira.

(Mentira.)

(As mentiras, às vezes, são necessárias para o bom funcionamento da vida.)

Peço para Inês esquecer, peço desculpas. Ela não quer conversa, não me olha. Tudo porque me masturbei no cinema. Se eu tivesse explodido uma bomba é possível que ela tentasse compreender. No entanto a masturbação envolve, diferente das bombas, esperma. Esperma na roupa, esperma no banco do cinema, esperma no chão do cinema, esperma na sola do sapato de alguém que pise nesse chão, esperma nas ruas espalhado pela sola do sapato desse alguém. Dezenas, centenas, milhares de espermatozóides meus, com o meu código genético, espalhados por avenidas, ruelas e becos da cidade. Meu Deus, agora até eu fico meio aterrorizado.

O clima vai de mal a pior. Inês fala laconicamente, passa o sal, toma o sal, passa o vinagre, toma o suco, cadê o pão. Tento compensar, me ofereço para lavar a louça. Inês aceita com um som quase imperceptível. Sai de casa, diz que vai devolver uma correspondência que chegou por engano em seu apartamento.

Assim que ela sai abro a gaveta da sala. Vários envelopes de cartas com remetente de nome Alzira Corrêa Santana (uma prima de Minas); uma carta de Alfredo Matoso (seu irmão). Tesoura de unha, lixa, esmalte. Resultado de um exame de sangue (tudo normal, tudo negativo). Óculos de sol, xerox de carteira de identidade, xerox de CPF. Algumas contas de luz e de gás. Contas de condomínios, nem todas pagas. Em suma: nada de comprometedor.

Tarde da noite. Estamos deitados na cama vendo televisão. Inês vê um programa de debate sobre mulheres. Eu finjo que vejo. Na verdade, penso na melhor estratégia para iniciar alguma atividade sexual. Sei que, juntando-se o fato de Inês não ser uma aficcionada por sexo com a história da masturbação no cinema, esta não é uma boa hora para isso. Mesmo assim invisto.

Coloco a mão esquerda, de leve, sobre o braço de Inês. Ela entenderá o gesto como um carinho, não se sentirá ameaçada com a possibilidade de sexo e deixará minha mão. Depois de algum tempo com a mão ali pousada, poderei passar para um segundo estágio: alisar o braço. No entanto, terão que ser movimentos de pequeno alcance, movimentos curtos que abranjam pequena parte do braço ou ela perceberá minhas intenções — e fingirá urgência em coçar um nariz, retirando o braço. Portanto, carinhos com movimentos secos e curtos.

Faço carinhos secos e curtos no braço de Inês. Ela parece não discordar até aí. Quem sabe hoje ela guarda uma ninfomaníaca dentro de si? Passo para o terceiro estágio: carinho de médio alcance. As leves esfregadelas em seu braço vão até a mão. E o território da mão pode ser mais sugestivo. E as possibilidades, maiores. Contornar com um dedo (meu dedo) os dedos dela. Deter-me entre os dedos, na curvinha de baixo (a mim isto excita, veremos com ela) (isto te excita, Inês? Poderias responder-me? Meu dedo pode ser mágico, Inês, sabias disso?). Posso fazer desenhos com a ponta do meu indicador em sua palma da mão, *mui* levemente, *mui* docemente. Posso abraçar sua mão com a minha, em concha. Posso muitas coisas, mas isto não é suficiente. Quando ameaço passar para este tão *sexual* terceiro estágio, Inês percebe que o comando de tais carinhos vem genuinamente do meu falo e improvisa tosses. Até catarro Inês consegue produzir nestas horas. A tosse funciona como um toque de recolher para as minhas mãos.

Resultado: Tentativa de investida sexual em vão.

Procedimento: Esperar de dez a vinte minutos.

Segundo procedimento: Recomeçar.

Alerta: Não recomeçar pelo braço. Em função do registro mental de momentos atrás, ela sentir-se-á pressionada e sentará na poltrona ao lado da cama.

Então... recomeçar os carinhos por onde?

(Onde preferes que eu te toque, Inês? Ou preferes que te lamba de imediato?)

Recomeço pelo pé. O pé é sempre um bom curinga em momentos como este. (Pode resultar em uma belíssima conjunção de corpos. Tentemos, pois.) Deito de bruços, inversamente a Inês. Meus pés ficam perto de seu rosto, minha cabeça perto de seu pé. Para mostrar que não percebi sua rejeição momentos antes, teço algum comentário sobre o programa.

— Acho que essa questão de desigualdade entre os sexos não existe mais.
— Claro que existe, Emílio. As mulheres ganham menos que os homens.
— Nem todas.
— De um modo geral.
— Cada vez mais a gente vê mulheres executivas, gerentes, chefes.
— Elas ainda são minoria.
— Sim, mas está aumentando o número.
— Isso não quer dizer muita coisa.
— Quer dizer que os tempos estão mudando, Inês. Estão mudando.
— Mudar uma situação como esta pode demorar anos, um século. Cem anos.
— Mas acaba mudando.
— Mas *para mim* não muda. Eu não vou viver mais cem anos.
— Muda para sua neta.
— Eu não pretendo ter filhos.
— Meu Deus, é difícil falar com você.
— Não é difícil. Eu só não suporto essa postura burra, otimista demais. A situação da mulher é de inferioridade. Ponto. Será que é tão difícil admitir isso?

— Eu não acho isso. Ponto. Acho que isso acontece em alguns casos. Ponto.
— Você está ironizando. Vai à merda.

Ponto. Ponto. Ponto. Agora o clima é de calamidade. Não houve briga, mas reina o desconforto. Péssimo para qualquer tentativa que envolva vaginas e similares.

***

Inês vai passar alguns dias na casa do irmão, no interior de Minas. Eu a deixo na rodoviária e volto para casa. Sobre a mesa, uma travessa de salada. Alface e tomate compõem a salada. Sal inexistente, molho inexistente. Ao lado da travessa um prato de macarronada ao *funghi*.
Fui ingênuo em acreditar que Sebastiana poderia confeccionar um prato como esse. Deixo um bilhete para ela reclamando da refeição. "Sebastiana, não gostei do jantar. Tente se esforçar mais."

De agora em diante assim será: reclamações por escrito.

***

Minha relação com Sebastiana ficou delicada desde que comecei a sair com Inês. Ela fica nervosa sempre que Inês dorme em minha casa, não a tolera. No começo do nosso relacionamento Inês aqui se instalou, por conta de uma desratização em seu apartamento. Sebastiana respondeu com comida salgada, poeira nos móveis, cama malfeita e fronhas amarrotadas. Só falava em forma de grunhidos. Um dialeto de ódio, este. Inês não se acanhou. Comprou um clareador para as juntas dos azulejos do banheiro e deu para Sebastiana. Sebastiana entrou no banheiro numa terça-feira. Durante três dias esfregou as juntas dos azulejos, febrilmente. Só parou para comer e dormir. Terminou na tarde de sexta-feira: banheiro claro, juntas alvíssimas, azulejos brilhando. E algum lado do cérebro, que controla o ódio, explodindo.

Sebastiana ficou assim, destituída de qualquer serenidade, há tempos. Desde que descobriu que o marido tinha um caso com a faxineira do prédio vizinho ao meu. O marido pegava todo o dinheiro de Sebastiana e gastava em sapatos — a amante adorava sapatos. Um dia Sebastiana não agüentou e foi até o prédio vizinho tirar satisfações. A amante, uma mulher de ferocidade acentuada, pegou uma faca, ameaçou cortá-la em diversas partes e distribuir aos mendigos. Sebastiana ficou apavorada e nunca mais interferiu no caso extraconjugal do marido. E isto dura até hoje. De vez em quando se humilha, vai procurar o marido com a amante, deixa recados para o marido *com* a amante. Elenice é o nome da amante. Detalhe: Elenice não dá os recados. Sebastiana é obrigada a espreitar o prédio vizinho à espera do marido, que vem pegar a vagabunda, a galinha, a prostituta — é assim que Sebastiana fala — no final do expediente. É assim que Sebastiana encontra o marido e os dois exercitam o fato de ainda serem casados. O resto do tempo Sebastiana divide entre o trabalho em minha casa, os filhos e o pranto.

(Sebastiana, no fundo tenho pena de ti. Já foste excelente operária do lar, mas hoje não passas de uma porta. Elenice é a culpada.)

***

— Alguém ligou, Sebastiana?
— Não. A víbora não ligou.
— Tem certeza?
— Não.
— Não o quê?
— Não tenho certeza.
— Ligou ou não ligou?
— Não lembro direito.
— Então pensa.
— Talvez ela tenha ligado.
— A que horas ela ligou?
— Há quarenta minutos.
— Não quero mais saber dessa sua implicância, Sebastiana. Por favor, me dê os recados direito.
— Essa mulher é o demônio. Se o senhor casar com ela eu peço demissão.
— Certo.
— O senhor vai casar com ela?
— Não sei, não pensei nisso.
— Por que o senhor largou a dona Rosa? Ela era boa para o senhor.

Rosa. Alta, rosto regular, cabelo regular, ausência de queixo (o que me causava certa gastura). Sempre me deu a impressão de estar inacabada, de que simplesmente alguém — Deus, digamos — a estava construindo, quando recebeu um telefonema importante. Um telefonema do Diabo, digamos. Deus largou tudo para atender ao chamado e abandonou a feitura de Rosa, que ficou sem aquela aresta e nasceu desqueixada. Pobre Rosa.

***

Falo ao telefone com Inês durante mais de meia hora. Ela parece sentir saudade de mim. Conta detalhadamente o que tem feito, conta dos irmãos, dos pais, tios, primos. Vibra quando fala destes familiares, parece outra pessoa, uma pessoa muito melhor.

Sinto-me infeliz por dois motivos.
Um: quando está comigo Inês não é a melhor versão de si mesma.
Dois: Inês não me convidou para conhecer seus parentes.

(Inês, minha preciosa, não consigo decifrar-te, não consigo, não consigo. És um mistério de fêmea. Tentar entendê-la dá sentido à minha vida — além de ocupar meu tempo.)

***

Resolvo ir ao ateliê no meio da noite. Pego a chave do escaninho de Inês, quero ver o que tem lá dentro. O porteiro agora me deixa entrar sem problemas.

Sinto a presença de alguém no galpão. Demoro a perceber de quem é o vulto encurvado, sentado no chão.
Euclides.
Ele pouco reage à minha entrada. Olha para mim, emite um grunhido e torna a olhar para o nada. Penso em perguntar se está bem, mas não o faço.
Sem saber como explicar minha presença ali, abro meu escaninho e começo a trabalhar. Euclides permanece em seu canto. Antes de ir embora pergunto se ele precisa de alguma coisa.

— Não.
— Quer conversar um pouco?

— Não sei.
— Se quiser, podemos tomar alguma coisa.

Euclides aceita meu convite, vamos para o meu apartamento. Ficamos muito tempo em silêncio. Ofereço uísque, ouvimos música. Euclides tenta não aparentar a tristeza que sente. Depois de alguns drinques se solta.
— Eu estou arrasado. Humilhado.
— ...
— Ser abandonado não é fácil, Emílio. Pior ainda é ser trocado por uma pessoa muito pior do que você. Você se sente um nada.
— Isso acontece com todo mundo.
— Eu não perdôo a maneira, a forma. Cheguei em casa, a cama desfeita, dois copos na mesinha-de-cabeceira. Dois pratos, dois garfos, duas facas, dois restos de comida. Restos de comida. Você entende, Emílio?
— Entendo.
— Não existiu a consideração de tentar esconder, de tentar fazer com que eu não percebesse nada. Isso é o que dói mais. A *não*-tentativa de me esconder. Isso mostra que eu sou um merda.
— Você não é um merda.
— Ele não podia ter feito isso comigo. Não podia.
— Ele quem?

Euclides desvia o olhar.

— Se não quiser não precisa falar, Euclides.
— A pessoa que vivia comigo se chama Raul.
— ...
— Eu vou embora.

— Não precisa ir. Você não está bem, precisa se acalmar. Pode dormir aqui. O primeiro quarto à direita, indo pelo corredor. No armário tem roupa de cama.
— Não sei.
— Você resolve.
— Obrigado, Emílio, mas...
— Não vai me atrapalhar em nada.
— Não sei como te agradecer. Na verdade, estou sem coragem de ir até o apartamento dele para tirar as minhas coisas.
— Você conhece a família dele? Ele te apresentou?

(Porque a geleira que namoro não me apresentou à dela.)

— Conheço todo mundo. E quem cuida da mãe dele sou eu. Sou enfermeiro.
— Enfermeiro.
— Engraçado que eu estou no ateliê há tanto tempo e nunca perguntaram a minha profissão. Também não sei o que você faz.
— Faço investimentos.
— Investimentos... deve ser bom. Eu não ganho muito como enfermeiro, mas pego muito particular. Gente que me contrata para cuidar do pai, da avó, essas coisas. Aí eu cuido da dona Clara...
— ...?
— Mãe do Raul. Ela me adora, diz que eu sou a melhor pessoa para o filho dela. E me contava histórias da infância no Sul. Raul não sabe a metade das histórias que eu sei. E não quer saber. Triste isso. Eu não tenho ninguém, não tenho família. Às vezes imaginava que dona Clara era minha mãe. Era eu quem apertava sua mão quando a dor se tornava insuportável. E agora acabou. Perdi essa mãe doente. E perdi o Raul.

Perdi para um homem ignorante, um brutamontes mal-educado, um homem horrível.

— Imagino.

— Nunca vou esquecer quando fui atrás do Raul, no trabalho dele, saber quem dormiu na nossa cama. Ele olhou pra mim e disse você não ouse fazer um escândalo aqui, por favor. E chamou esse rapaz, o Carlos. Esta é a pessoa de quem eu gosto agora, sinto muito. Eu ainda perguntei quem ia cuidar da mãe dele, ele respondeu que ia contratar alguém. Ele foi cruel. Eu estou falando demais, não é?

— Não. Você desabafou. Por que você não descansa agora?

— Obrigado, Emílio. Você está sendo generoso.

(Não estou sendo generoso. Ao contrário, faço isto por egoísmo, para não ficar só, para preencher o tempo — o tempo, este inimigo meu... Se existe algum altruísmo, é em benefício meu — o que é um progresso. Sim, ser generoso comigo é um progresso. Sempre me impus vida isolada, poucos amigos, poucos divertimentos. Algumas exceções como o ateliê, e outras poucas coisas, e outras poucas pessoas.)

***

Vou até a casa de Inês. Digo para o porteiro que pretendo arejar o apartamento. Desta vez leio as cartas da gaveta da sala; da prima, do irmão, e mais alguma correspondência recente. Nada de interessante. Poucas linhas a meu respeito. Não sei o que procuro. Acho que tento entender melhor a pessoa com quem me relaciono. Como eu, Inês é fechada, trancada.

Em um armário, encontro a cabine de navegação que estava na exposição. Examino a cabine, uma sensação estranha. Não consigo tirar os olhos. Na exposição senti o mesmo. Olho de perto, analiso cada detalhe, cada elemento, cada fiapo de elemento. Vasculho a cozinha, os armários da cozinha, os armários do quarto, dentro dos bolsos das roupas penduradas nos armários. Volto ao quartinho, à miniatura. É bem-feita, não se vêem resquícios de cola, não se vêem emendas. Vou até a sala e pego a lupa que vi em uma das gavetas. Com a lupa é possível encontrar várias imperfeições, várias. Grânulos nas paredes, micromanchas, microdefeitos. E a sensação de que algo... enfim, de que algo.

De repente um frio me percorre a espinha. Paro. Penso na revista que folheei há alguns meses.

A âncora.

A âncora pendurada na parede da cabine de navegação.

Não tenho dúvida. É igual à abotoadura do homem morto no apartamento da Tijuca, que vi na revista.

Uma âncora com um riscado na bolinha do meio.

Coincidência?

Inês também mora na Tijuca.

O fato é que é ela. A abotoadura do cadáver. Na miniatura de Inês.

***

CAPÍTULO III

Acordo às 11 horas. Euclides já saiu para o trabalho e Sebastiana não veio. Pensei na âncora da miniatura de Inês quase a noite inteira.

Encontro o bilhete que deixei para Sebastiana no mesmo lugar. Escrevi: "A carne ainda está salgada. Talvez precise colocar mais alho. Pesquise outra receita, esta não está dando certo." Rasgo o bilhete e escrevo outro: "Você está faltando demais, Sebastiana. Se isto não se modificar serei obrigado a descontar do seu salário."

Pronto, agora não só reclamações relativas à comida. Qualquer reclamação será por escrito.

Na verdade, foi bom Sebastiana ter faltado. Entro em seu quarto e pego a revista com a matéria do homem assassinado. Por sorte ela não jogou fora. Releio a matéria, vejo a fotografia: o velho com a irmã horas antes do crime, usando a abotoadura. Sem dúvida, é a mesma que decora a miniatura da cabine de Inês. Detenho-me na fotografia dele depois de morto. Um rosto normal. Um velho normal. A matéria diz apenas que ele foi encontrado sem vida e que se suspeitava de um crime. Um lado verminoso do meu cérebro entra em funcionamen-

to: imagino Inês matando o velho para conseguir a âncora — só para ter a âncora, um desejo irracional, maluco.
Inês pega uma viga de ferro, arrebenta o velho.
Inês enforca, asfixia, afoga.
Inês dá um tiro nas têmporas do homem.
Inês usa veneno, facão, serrote, bigorna. Usa um sino pesadíssimo. Usa muitos outros apetrechos, apetrechos mortais.
Depois de algum tempo estou exausto — até porque, pelos meus cálculos, imaginei mais de quarenta métodos diferentes de assassinato. (Tenho a impressão de que imaginar assassinatos deve cansar mais do que praticá-los.)

***

À noite, eu e Euclides lanchamos. Ele me presenteia com um secador de mãos para colocar no banheiro do meu quarto, diz que é higiênico, quarenta por cento das bactérias morrem. Não sei de onde ele tira estes dados, mas agradeço assim mesmo. Ele conta que foi ver apartamentos para alugar, agradece novamente a hospedagem (Euclides está há alguns dias aqui). Descreve os apartamentos, explica por que alguns serviam, outros não. Sugiro que ele procure moradia no Grajaú — bairro aprazível, provavelmente mais barato. Depois escutamos música enquanto comemos azeitonas.

O telefone toca.
Corro, pensando que é Inês.
É meu contador. Desligo o telefone, desapontado. (Lembro da âncora.)
Euclides percebe minha decepção e faz perguntas a respeito de Inês. Me esquivo, não sei falar sobre Inês, não sei definir o nosso relacionamento. Não sei de nada.

(Inês, quem é você? Na verdade, nem importa. Importa é que sinto falta das tuas costelas. Façamos o seguinte, adorada: te espero desde já, de boca bem aberta, os dentes bem posicionados, pronto para te dar mordiscadelas no pescoço.)

***

Eu e Euclides vemos televisão (em meu quarto) (não há outra televisão na casa) (eu sento na cama, Euclides na poltrona) (estamos a menos de dois metros de distância um do outro, ele de *short*, um *short* vaporoso) (estou em meu quarto vendo televisão com um homem que veste um *short* vaporoso) (esta situação me constrange? Um pouco. Se eu estivesse sozinho neste momento seria pior? Sim, seria pior. Sigamos em frente? Sim, avante! Sem olhar para trás. Sem olhar para frente. Sem olhar para os lados — especialmente para o esquerdo, onde se encontra meu amigo de coxas nuas) (coxas bonitas? Sim, bonitas). (Não tenho tendências homossexuais, mas sei avaliar esta anatomia do corpo. E eu vos falo, na categoria de jurado: nota dez para as pernas de Euclides.)

Euclides pede para eu colocar no canal de esportes. O jogo que ele quer ver vai começar. Euclides bota o pé na minha cama para estirar as pernas. Eu vejo o jogo deitado.
Euclides levanta, pega uma cerveja. Eu bocejo.
Euclides volta e senta na borda da cama enquanto reclama do jogo. Euclides fica com sono. Meus olhos ficam pesados. Euclides repousa no encosto da cama. Meus olhos pesam mais. O jogo termina. Euclides dorme ao meu lado, deitado na cama.

***

Pego Inês na rodoviária. Vamos até seu apartamento. Ainda contagiada pelo clima familiar ela conta muitas coisas, não pára de falar. Continua parecendo outra pessoa. (Gostaria que ela fosse sempre assim, outra pessoa.) De repente ela me abraça, beija minha boca, nos lambuzamos. Hoje é dia de língua, de sexo, de fluidos. Uma felicidade.

Não menciono âncora alguma. Nem lembro disso.

***

Eu, Inês e Euclides jantamos.

Sebastiana — que não gostou quando soube da volta de Inês — nos deixou filé de cação, batatas cozidas, suflê, salada. Euclides conta o drama de sua separação para Inês, com todos os detalhes. Inês ouve com atenção.

— (Inês) Você não acha que o homossexualismo é contra a natureza do ser humano?

Euclides fica surpreso com a pergunta.

— (Inês) Raciocina, Euclides, os animais não são homossexuais. Eu pego sempre pelos animais.
— (Eu) Os animais são animais, são irracionais, são uns idiotas.
— (Inês) Não são uns idiotas. São mais primitivos do que a gente, mas os impulsos são saudáveis, sem contaminação de sociedade, sem nenhuma porcaria dessa.
— (Eu) Que contaminação de sociedade? O homossexual já nasce homossexual.
— (Euclides, constrangido) Claro.
— (Inês) Não nasce homossexual coisa nenhuma. As pessoas se tornam homossexuais. Pessoas que, provavelmente, foram crianças inseguras, maltratadas em casa.
— (Euclides) Eu não fui maltratado em casa.
— (Inês) Então foi alguma outra coisa, alguma brutalidade de que você não lembra.
— (Euclides) Você está falando besteira.
— (Inês) Você já esteve com alguma mulher?
— (Euclides) Não.
— (Inês) Por quê?
— (Euclides) Porque nunca tive vontade.
— (Inês) E os homens? O que você sentia? Ou sente?
— (Euclides) Não é bem assim. *Homens.* Não foram muitos. Eu amei *um* homem quando tinha 13 anos.
— (Inês) Não amou. Se você só tinha 13 anos, não tinha condições de saber se aquilo era amor.
— (Euclides) Era amor.
— (Inês) Podia ser admiração.
— (Eu, irritado) Ele está falando que era amor.
— (Inês) Homem só ama mulher, mulher só ama homem. O resto é um grande mal-entendido.

— (Euclides) Você está completamente equivocada. E existem animais homossexuais, sim. Já vi um documentário sobre isso.

Inês não escuta.

— (Inês) Vou te apresentar a uma amiga. Você vai sair com ela. Faço questão de pagar o motel. Só aí você vai poder falar que não gosta de mulheres.
— (Euclides) Eu não quero sair com uma amiga sua. E não quero mais falar sobre isso. E nunca aceitaria que você pagasse um motel. Imagina só.
— (Inês) Esquece o motel. O Emílio te empresta o apartamento. É uma colega do trabalho. Bonita. Corpo bonito. Cíntia. Eu não gosto dela, ela é uma anta, mas não importa, ela vive atrás de homens. Se você trouxer ela aqui, se falar que este apartamento é seu, ela te devora em poucos minutos.
— (Euclides) Chega...
— (Eu) Ele não quer, Inês.
— (Inês) Ele pensa que não quer. Na hora vai querer.

Euclides sai da sala, nervoso. Eu e Inês discutimos. Eu não concordo com o princípio básico do homossexualismo, ela diz.

Então tá. Princípio básico. Tenho vontade de perguntar o que ela quer dizer com isto, mas desisto. Discutir com Inês é, antes de tudo, cansativo.

***

O dia está abafado. Vou até o banheiro que fica em um anexo ao galpão. Ao aproximar-me, ouço sussurros. Depois de alguns segundos, identificação completada: Joaquim e Bel. Tento entender o que falam. Não falam mais. Algum som em forma de espasmos. Talvez soluços. Talvez o prolapso da válvula mitral de alguém. Chego à conclusão de que se trata de um beijo, dos mais ardentes, dos mais demorados. Saliva. Saburra. Bactérias de tudo quanto é procedência passando de uma boca para a outra. (Este talvez seja um dos aspectos repulsivos do amor — a ingestão de bactérias desconhecidas.)

***

Observo Bel e Joaquim. A linguagem das fungadas funciona perfeitamente para estes dois. Não sei como não percebi antes.

Quando vou até meu escaninho passo por eles. Bel lê o trecho de uma poesia para Joaquim. Escuto a poesia, uma espécie de vôo, estou voando. Quando dou por mim eles estão me olhando, rindo. Bel faz questão de me dar o livro. Fernando Pessoa, ela fala, é seu, eu vi que você ficou emocionado.

Não posso dizer a ela que poesia não me encanta, não posso dizer que o que me tocou foi sua atitude, seu carinho com

Joaquim, a lembrança de trazer palavras bonitas para o amante. (Sim, ela tem um marido, trai este marido, nada honroso. Mas ela dedica o melhor de si a alguém — e me parece que o melhor dela é muitíssimo melhor do que o melhor de Inês.) Aceito o livro por educação. E com inveja, devo admitir, do amor escondido daqueles dois.

Uma coisa é certa. Joaquim é um homem de preliminares. E deve conhecer de cor as áreas vermelhas de Bel.
Adultério prosseguindo de vento em popa, os dois se completam.

(Fico pensando: qual é o meu papel no relacionamento com Inês? Completo alguma coisa? Sou a metade de alguma coisa? Não, meus caros. Sou, talvez, cinco por cento. Inês é 95 por cento; ela domina, ela ocupa o espaço, manda, desmanda, quero sexo agora, agora não, não insista, não me encosta, encosta, vou viajar, me pega na loja, leva, traz, faz, não faz.
Se eu estou feliz com isso? Teoricamente não.
Se eu estou feliz com isso? Teoricamente sim.
(Sofrer tem sentido para mim, tem lógica. Em outras épocas eu voltaria aos cacos, aos vidros. Não agora, homem feito. Agora eu sangro em caráter abstrato.)

Machado e Joaquim me convidam para ir ao *Marché aux Miniatures*. Machado quer procurar vasos, Joaquim portas. Dou a chave do meu apartamento para Euclides e vou com eles. (Inês não veio hoje, estava indisposta.)

O carro de Joaquim é confortável, a conversa é agradável. Descubro que Machado é cenógrafo e mora com uma pessoa chamada Nize. Ela é ótima, ele diz, tranqüila, a carne assada que a mãe dela faz é uma coisa do outro mundo. Joaquim interrompe e assegura que ninguém faz uma carne assada como ele. Disserta bastante tempo sobre o assunto. Conclusão: Joaquim convida a mim e ao Machado — com as respectivas companheiras — para jantarmos em sua casa no sábado.

***

Inês não gosta quando falo do jantar na casa de Joaquim.

— Por que você não falou comigo antes?
— Não sei, nem pensei.
— Devia ter falado comigo.
— Sim, mas não falei, me desculpe. Da próxima vez eu falo.
— Não vai ter próxima vez. Se ele te convidar, você já diz que não, inventa qualquer coisa. Nunca vou querer ir lá.
— Posso saber o porquê?
— Porque ele parece um idiota. Principalmente quando começa com aquelas imitações. E ainda tem a história com a Bel. Não gosto de gente infiel.
— Isso é problema deles. Eu vou ter que ir.
— Então vai.

Pensamentos deste momento: enterro da minha mãe, enterro do meu pai, enterro do meu amigo Vicente; âncora, velho morto da Tijuca, Sebastiana segurando a touca na cabeça, eu sacudindo Inês, Inês me olhando, eu coberto de sangue segurando um caco, Inês olhando, eu chorando, Inês olhando.

***

Sebastiana me chama, tem uma pessoa na porta querendo falar com Euclides. Coloco uma roupa, vou ver quem é.
É Raul. Ele é um homem vistoso, alto, queixo quadrado, másculo.

Raul está nervoso e quer falar com Euclides de qualquer maneira. Euclides está no trabalho, eu falo. Raul quer esperar, eu digo que na minha casa você não vai esperar, se quiser pode esperar na portaria. Raul não quer esperar na portaria. Da próxima vez que ele colocar aranhas no meu apartamento, diz Raul, eu mato ele, eu desfiguro ele, você fala exatamente assim, desfigurar.
Eu digo que entendi perfeitamente.

À tardinha, com Euclides.

— Conheci o Raul.
— Como assim?
— Ele veio aqui. Estava nervoso, acho que queria te bater.
— Hummm.
— Acho que você sabe por quê.
— Não sei de nada.
— Ele falou que você colocou aranhas no apartamento dele.
— Que absurdo.

— Também achei absurdo, mas às vezes as pessoas fazem coisas absurdas. Você fez isso?

— Claro que não! Vê se pode. Aranhas... de onde ele tirou essa idéia?

— Não sei. Ele disse que te desfigura se acontecer de novo.

— Tá, tá...

— Por que você fez isso?

— Eu já te disse que não fiz.

— Como você conseguiu as aranhas?

— Não quero falar sobre isso.

— Só quero ter certeza de que eu não vou topar com nenhuma caranguejeira aqui no meu apartamento.

— Não foi caranguejeira. E não foi um *monte* de aranhas. Foi *uma* aranha. Que eu mandei vir pelo correio, da fazenda de um primo no Mato Grosso.

— Venenosa?

— Claro que não. Era só pra assustar.

— Se era para assustar, cobra teria mais efeito. Por que aranha?

— Eu sei lá por quê.

— Estranho. Mato Grosso, correio, primo...

— Tá, Emílio, vou te dizer por que aranha. Vou te dizer.

— ....

— Ele tem um medo irracional de aranha. Sempre que aparecia alguma eu matava. Ele ficava aliviado, eu me sentia mais forte do que ele. Os poucos momentos em que eu me sentia mais forte do que ele.

— Mas onde é que tinha tanta aranha para você ficar matando?

— Em Lumiar, na casa de um amigo. Era simbólica a figura da aranha. Eu queria que ele lembrasse de mim como uma figura menos frágil. Foi uma bobagem.

Euclides está tenso com essa história. Vai pegar um copo de leite. Quando abre a porta da cozinha vê Sebastiana parada, ouvindo a nossa conversa. Ela olha para Euclides de um jeito diferente, como quem diz eu entendo você, não tenho cultura, não tenho estudo, não tenho nada, mas essa coisa das aranhas, essa moral da história eu entendo. Sebastiana pega leite na geladeira, separa biscoitos, pão, manteiga, geléia, coloca tudo em uma bandeja. E dá para Euclides.

— Meu irmão tinha pavor de policiais, seu Euclides. Eles eram as aranhas, seu Euclides. E eu era o senhor.

O que Sebastiana quis dizer com isso? Que matou policiais?
Certamente eu não entendi o que ela quis dizer.
Ou ela não entendeu o que Euclides quis dizer.
Ou Euclides não entendeu o que Raul quis dizer.
Ou então, meus amigos, Raul não entendeu o que a aranha quis dizer.

***

Inês diverte-se com a história das aranhas. Perturba Euclides com muitas perguntas. Volta ao assunto da homossexualidade, diz que em uma relação de homem e mulher isto não aconteceria, jamais usariam aranhas. Euclides já não liga para a postura preconceituosa de Inês, acha graça. Não agora. Agora ele não acha graça, agora está deprimido com a história. Inês está curiosa para conhecer Raul, está curiosa para conhecer Carlos. Deus me livre, diz Euclides.

***

Joaquim abre a porta, me abraça, abraça Inês (que resolveu acompanhar-me, creio que em função da geladeira vazia em seu apartamento). O apartamento é espaçoso, a decoração agradável. Sua esposa, Mara, tem cara de esquilo. Dentes nível sete, boca nível seis, olhos nível oito, rosto aprovado. Simpatia dez. Comparo com Bel — é uma partícula menos bonita que Bel.
Mara preparou pastinhas para enganarmos a fome.
Conheço Inês e sua opinião a respeito de pastinhas, de modo que evito olhar para ela.

Converso com Machado e sua companheira, Nize. Nize tem uma pequena floricultura na zona norte, que era de seu pai. Ela fala a respeito de margaridas, dálias, rosas, orquídeas, lírios. Nos explica a maneira correta de se preparar um buquê, a maneira correta de se cortar o talo das flores. Ninguém parece interessado, mas ela fala com empolgação. Machado, sempre gentil, sorri para nós.

Vigio Inês, preocupado. Ela está bebendo desde que chegou. Espero que não fale nada a respeito de Bel na frente de Mara.

Joaquim quer mostrar algo no vídeo. É um programa sobre miniaturistas franceses.
Vemos com atenção. Miniaturas espetaculares. É, de fato, interessante a maneira como trabalham.
Inês faz comentários, fala alto.

Mara vai e volta da cozinha com rapidez impressionante. Quer mais vinho? Gelo para o uísque? A torrada está boa? Sempre experimento a torrada na loja, se estiver velha devolvo, desta vez esqueci, tenho horror a comida velha, intoxicação alimentar é coisa séria, meu tio quase morreu por causa de ostras,

ostras estragadas têm o mesmo potencial de envenenamento de uma dose de estricnina, sabiam? Nize fica impressionada com a última informação, nunca mais vou comer ostras, ela fala. Inês diz que odeia ostra, odeia qualquer alimento de consistência mole; odeia polvo, odeia patê, bucho, língua de boi, purê.

É nítido para todos que Inês bebeu além da conta.

O jantar é servido. Em cima dos pratos, cartões com os nossos nomes, determinando os lugares de cada um. Cafona? Também acho.

Olho para Inês. Ela está de cenho franzido — e Inês de cenho franzido significa problema. Ela pergunta para Mara por que, em seu cartão, está escrito Juarez. É uma brincadeira?, não entendi a brincadeira. Mara se atrapalha, pede mil perdões, entendeu Juarez quando perguntou o nome dos convidados para Joaquim; e quando todos chegaram, esqueceu do detalhe dos cartões. Inês não acredita, rasga o cartão: não gostei de mais essa palhaçada da sua parte, Joaquim. Joaquim tenta se defender, Mara jura que entendeu errado. Inês, Juarez.

Eu peço calma.

Inês finalmente se senta. O semblante continua nebuloso.

Durante o jantar Joaquim não conversa com naturalidade, muito menos Mara. Machado tenta salvar a noite elogiando a comida. Elogia várias vezes a carne, a batata, a entrada. Nize repete tudo o que Machado fala, às vezes se atrapalha. Eu peço para Joaquim nos contar a respeito da procedência da carne. Joaquim explica que foi comprada de um amigo que importa da Argentina. Até os nervos da carne são diferentes. A gordura é espetacular, eu congelei a gordura, ele diz.

Quando a sobremesa é servida as coisas estão mais calmas. Todos conversam baixo.
Sem olhar para Joaquim, Inês elogia a decoração da mesa com frutas verdes. Lembra da primeira miniatura que fez, quando tinha 15 anos, feita com peras. Esculpida em peras.

— Eu sentava no jardim da casa de um tio, rodeada de peras. Algumas pessoas se juntavam para me ver.

Todos olham surpresos para Inês — principalmente por se tratar da pessoa pouco agradável que é. De certa forma estão encantados com a imagem romântica de uma adolescente rodeada por peras, muitas peras, montanhas de peras.

(Também estou encantado, Inês. Você em um gramado, raios de sol nos cabelos louros, vestido pueril, corpo comprido, pernas sem fim. Pêra. Bendita seja esta fruta de quadris avantajados.)

***

Inês dorme profundamente. Eu a olho de perto. Sinto o cheiro do seu cabelo, da nuca, dos ombros. Evito a boca. O odor fermentado de bebida não me agrada. Pego sua bolsa e levo para a sala. Vasculho meticulosamente. Depois vou até a estante, mexo nos livros. Atrás dos vários volumes da enciclopédia *Conhecer*, vejo muitas revistas. No meio delas reconheço a que tenho em casa, com a matéria do morto na Tijuca. Acho que era isto que eu procurava. Não que seja prova contundente, talvez nada signifique. No entanto, minha cabeça começa a funcionar e girar e rodar.

***

Ateliê. Eu, Machado e Joaquim tecemos os comentários finais sobre o jantar de sábado, e sobre a possibilidade de repeti-lo — desta vez na casa de Machado, uma receita da mãe de Nize: bacalhau na brasa. Joaquim topa, eu também.

Bel se aproxima, pergunta como foi o jantar, brinca com Joaquim dizendo que nem ela nem o marido foram convidados. Joaquim sorri para ela, cúmplice. Apenas *eu* compreendo aquela cumplicidade. Machado conta que saiu às três da manhã, que Nize adorou todo mundo, que Mara é um encanto. Inês, de sua mesa, grita que também gostou de Mara. Bel, está na cara, fica enciumada. Queria ter comido a carne assada, queria ter rido com a gente, queria ter cara de esquilo.

José Estêvão chega trazendo um recorte de jornal com artigo sobre a *Mostra Internacional de Miniaturas*, que vai acontecer em São Paulo. Alguns miniaturistas serão escolhidos segundo critérios não explicados no mesmo jornal.

Ficamos animados, fazemos planos de qual miniatura mandar, caso sejamos escolhidos.
Felizmente somos filiados a uma associação que retém nossos dados.

***

Inês e eu, em seu quarto, 11 da noite.
Prato de torradas no chão, copo de leite vazio. (Inês sempre lancha à noite.)
Tento entender seu comportamento no ateliê.

— Não sabia que você tinha gostado tanto da Mara.

— Não gostei, Emílio.

— Mas ontem no ateliê você falou para o Joaquim que gostou. Você gritou, até. Gritou lá da sua mesa.

— E daí?

— E daí que eu pensei. Você gritou.

— Eu menti.

— Mas você gritou...

— Tá, eu gritei. Se eu tivesse falado baixo seria diferente?

— Claro que seria. Às vezes a gente faz algum comentário para não ficar indelicado. Mas você estava longe, não tinha necessidade de falar nada. Podia ter ficado calada.

— E...?

— E é isso. Se você tinha a alternativa de *não* falar nada, o fato de você ter falado, e tão alto, e de tão longe, queria dizer que você realmente gostou dela.

— Mas não gostei. Falei para irritar a Bel. Não gosto de traições. Ela e o Joaquim me dão nojo.

— Você devia deixar de besteira e tentar agradar de vez em quando.

— Na casa do Joaquim eu tentei agradar. Tentei até rir com aquela gente.

— Mas não conseguiu, Inês. Você ri muito pouco.

— Não tenho do que rir. Li uma vez que o problema da humanidade é que só um por cento da vida é engraçada. Um por cento, já imaginou?

— Então tá. Se você pensa assim, fica séria.

— Até parece que você é a alegria em pessoa.

— Quando estou com gente que gosto eu me esforço. Eu também me esforçaria com as pessoas que você gosta.

— Então não precisa se esforçar, porque eu gosto de muito pouca gente.

(Minha linda, parabéns, teu grau de azedura é impressionante. Poderia te espremer, e a teu caldo juntar açúcar e cachaça. Belíssima caipirinha produzirias.)

***

Inês não aparece há dois dias, não telefona, ninguém atende em sua casa. Sebastiana jura que não está omitindo recados. Eu fico, *de fato*, preocupado.
Tudo bem, pode dar meus presentes para quem quiser.
Tudo bem, pode ficar de costas para mim no ateliê.
Tudo bem, pode fazer pouco sexo comigo.
Tudo bem, pode me tratar friamente quando não gosta do que falo.
Mas não me deixe sem o mínimo das considerações que é dizer, ei, eu estou viva.

Estou tenso. Desconto meu nervosismo na mulher-touca. Entrego, por escrito, uma lista de reclamações para ela. Euclides tenta apaziguar os ânimos.
(Desde o episódio das aranhas Sebastiana mima Euclides, faz lanches nutritivos, acha que ele está magro demais. Detalhe: Sebastiana começou a comunicar-se comigo, também através de bilhetes. O último sugeria que a culpa pelo mau sabor do surubim não era dela, e sim do mar. Acreditem, senhores, foi o que ela escreveu. "A culpa é do mar. Ele anda pré-temperando os peixes com coliformes e outras porcarias." É evidente que Euclides ajuda Sebastiana nos bilhetes.)

***

No ateliê o clima não é dos melhores. Machado não foi selecionado para a mostra em São Paulo. Ele diz não se importar, mas todos achamos que sim. Bel, que conhece uma das secretárias da associação, vai tentar descobrir quais os critérios usados para a seleção.

Em respeito ao colega relegado, trabalhamos em silêncio. Até mesmo José Estêvão tem o bom-senso de se calar.

Eu, Bel e Joaquim estamos em um café. Fazemos planos para a viagem e lamentamos por Machado.
Pergunto se Joaquim vai levar Mara. Não, ele não vai levar. Por um segundo Joaquim esquece da minha presença e dá instruções a Bel de como *não* levar o marido para São Paulo. Por um segundo Bel também esquece de mim e diz que vai tentar.
Por um segundo também esqueço de mim e imagino fazer parte daquele amor.

— E Inês? Ela vai gostar de saber que foi selecionada. Por que ela faltou?
— Ela anda ocupada com o trabalho. A loja recebeu mercadoria nova e ela tem que analisar cada peça, separar, etiquetar, passar, lavar, chulear e o cacete.

Bel e Joaquim se espantam com minha reação, com a palavra chula, não faz meu gênero. Percebem que estou nervoso e não perguntam mais nada.

***

Cinco horas da manhã. Portaria do prédio de Inês.

Fico esperando o relógio correr, a cabeça esfriar.
Às seis horas subo e toco insistentemente a campainha.

Depois de vinte minutos a porta se abre. Inês está com péssima aparência. Vejo atrás dela, na mesa de centro, uma garrafa de uísque pela metade. Não vejo copo, não vejo *copos*. Ela usa um roupão aberto por cima da roupa. Dormiu de roupa, isto me parece certo, a vaca dormiu de roupa. Deve ter dormido de madrugada, o que explicaria que a campainha tenha demorado tanto para atingir seus tímpanos. As almofadas do sofá no chão quase provam que ela dormiu na sala. Percebo que sua blusa está corretamente fechada, todos os botões, isto conta a seu favor, mas a calça tem o primeiro botão aberto, estranho. Ela pode ter ido ao banheiro, apenas isso. Ou não. Inês me olha com ódio. E ódio, neste momento em que ela tinha tudo para se sentir embaraçada — já que não foi ao ateliê, já que sumiu, já que não telefonou —, se neste momento ela não tem pudores de me olhar com ódio... então, meus amigos, é ódio mesmo.

— Quem te deu o direito de tocar a campainha da minha casa às seis da manhã?
— Você sumiu.
— Eu não admito que alguém invada a minha vida dessa maneira. Com uma campainha. Eu devia arrebentar essa campainha.
— Fiquei preocupado.
— Não sou obrigada a te dar satisfações.
— Não custava você ligar.
— Custava. Custa. E agora vai embora. Preciso me arrumar pro trabalho.
— Não me manda sair dessa maneira.

— Você me acordou com uma campainha. Vai embora.

— Antes de ir eu só queria te dizer uma coisa. Quando você viajou, vim arejar o apartamento pra você.

— E daí?

— Daí que a sua miniatura da cabine é muito interessante.

— E...?

— E nada. Só queria te falar isso. Tchau.

Falei da miniatura de propósito, quero ver o que acontece. Cinco opções, eu vejo:

1 — Inês matou o velho, percebeu minha indireta e vai mudar de comportamento.
2 — Inês matou o velho, percebeu minha indireta, mas não vai mudar de comportamento, vai disfarçar.
3 — Inês matou o velho, mas *não* percebeu minha indireta — lerda que está, efeito do álcool ingerido na noite anterior. Assim, não vai mudar de comportamento.
4 — Inês *não* matou o velho, logo não entendeu nada do que eu falei. Conseqüentemente não vai mudar de comportamento. (Esta alternativa já não é a melhor para mim. Começo a gostar da idéia de ter uma assassina a meu lado. Ser escolhido por uma criminosa. Criminosos não costumam namorar tolos.)
5 — Inês *não* matou o velho, logo não entendeu nada do que falei. Mas *vai* mudar de comportamento (para pior) porque ficou irremediavelmente irritada comigo devido à campainha.

***

Inês ainda não se pronunciou.
Qual o efeito das minhas palavras sobre a minha esquisita? Ignoro. No mínimo ainda está me odiando. No máximo...

Minha nossa, se eu pensar em termos de *máximo* o prognóstico é terrível — porque o ser humano não tem limites, o máximo é longe demais.

Pensemos, pois. Qual é o *máximo* de ruim que alguém consegue ser? É impossível determinar. Alguém sempre pode ser pior do que foi. Sempre. É como pensar no inverso daquele raciocínio matemático, no qual você esquarteja o corpo de um morto em duas partes. Depois esquarteja uma das metades do morto em mais duas partes. E vai esquartejando até sobrar um farelo do morto — sempre terá um farelo para dividir. A maldade, ao contrário, pode se multiplicar para todo o sempre, pode se somar, transformar, liquidificar, gaseificar, assumir qualquer forma, em qualquer lugar. A maldade é uma espécie de Deus. Ou uma espécie de Diabo.

***

Euclides pergunta se já tenho notícias da girafa. Minto. Digo que ela estava indisposta e o telefone com defeito. Ainda bem, diz Euclides, ainda bem. (Não falo que depois do evento-campainha Inês desapareceu de vez.)

Euclides quer contar-me alguma coisa, faz suspense. Finalmente conta: Raul quer reatar.

— Ele pediu desculpas, me ama de verdade. Já esqueceu as aranhas. O Carlos foi uma loucura na vida dele, levou dinheiro, fez o diabo. É casado, o Carlos. Com uma mulher. Uma boliviana.

Euclides pergunta o que eu acho.

— Seria bom se ele rastejasse um pouco. Certas pessoas pedem para rastejar, entende, Euclides? Só viram gente depois que varrem o chão com a barriga. Deixa ele implorar, deixa ele dizer eu te amo. Se ele não disser eu te amo, não volta. Mas ele tem que falar olhando para você, Euclides. Se for um eu te amo no meio de um intercurso sexual, não serve. Nestes momentos o eu te amo pode ter milhões de significados, milhões.

Chega a ser ridículo. Eu, Emílio, dando aula sobre *eu te amo*. Para vocês terem a dimensão da minha necessidade de sentir algum amor, de *tocar* algum amor. Quando estava com Rosa, o que eu sentia por ela era palpável, sim. Não era amor, mas era semelhante: o volume, a consistência, o cheiro. Parecidíssimo com amor. E uma qualidade sólida deste sentimento — eu podia pegar, manusear, chutar. Já este amor que construí com Inês me parece feito de gás.

(Te farei rastejar também, Inês. Um dia. Aspirarás a poeira do chão, comerás terra, engolirás minhocas vivas. Duvidas? Pois eu também.)

***

Vou à Biblioteca Nacional, procuro notícias sobre o crime da Tijuca em jornais da época. Não encontro nada. Gostaria de fazer perguntas para o delegado que acompanhou o caso. Vou até a delegacia do bairro, mas não tenho coragem de entrar.

Ligo para casa, alguém telefonou?, se alguém ligar diz que eu fui direto para o ateliê, avisa também ao Euclides. Sebastiana me interrompe: Seu Euclides foi encontrar com o seu Raul. A mãe dele morreu.

***

O clima é pesado no enterro da mãe de Raul. Ele e Euclides choram um bocado.
Tenho que admitir que o Raul de agora em nada se parece com o sujeito que apareceu em meu apartamento para ameaçar Euclides.
Sinto muito, eu falo para os dois. (Sinto mesmo, a imagem de Vicente surge como um tijolo, quase me derruba.)

Inês continua sumida, não veio nem para o enterro. O efeito campainha ainda não acabou.

(Inês, você é detestável, detestável.)

***

Um sujeito ligado à Associação dos Miniaturistas vem conversar conosco. Segundo suas orientações, as obras para a exposição em São Paulo deverão ser enviadas em duas semanas e todas as despesas (passagens, estadia e alimentação) ficarão por nossa conta.
Protestos, reclamações, reivindicações. O sujeito nada pode fazer, veio apenas transmitir o regulamento e esclarecer dúvidas. E passar bem.

Inês? Nada ainda.

***

Dia seguinte, no final da tarde, Inês aparece em casa. Como se nada tivesse acontecido. Não me trata melhor do que o usual, não trata Sebastiana melhor do que o usual. Diz que

sua geladeira está vazia e me tasca um beijo na parte superior do pescoço. Reclama do trabalho. Hoje tive outro problema com a Sônia, ela é uma escrota, com uma cara escrota, com um cabelo escroto. Ela se mete nas minhas vendas, qualquer dia enfio a mão naquela cara de fuinha que ela tem.
Tento comportar-me com naturalidade.
Entro no jogo. (É um jogo? Inês desconfia das minhas desconfianças e age desta forma para disfarçar? Inês não desconfia de nada?)

Inês vai até a cozinha e pergunta para Sebastiana qual é o cardápio. Ela não responde. Com medo de alguma reação desagradável por parte de Inês, me antecipo. Pego no forno o suflê e o peixe que encomendei à Sebastiana através de mais um bilhete.
Inês pega um prato no armário e se serve sem esperar que a mesa seja arrumada, sem esperar pelos procedimentos rotineiros da casa. Ela esburaca o suflê e o joga em seu prato com displicência, plaft. Este plaft é a derradeira bofetada na cara de Sebastiana. Descontrolada, Sebastiana pega um punhado do peixe com as mãos e joga no chão. E grita para Inês.

— Você tinha que esperar até oito horas! É a hora certa. É a hora da casa.

Sebastiana começa a chorar. Corre para o quarto, se tranca. Inês assume expressão diferente do habitual, não esperava a reação de Sebastiana. Quanto a mim, não sei o que fazer, não sei.
Inês vai até a porta do quarto de Sebastiana e pede desculpas. Desculpe, Sebastiana, eu não conhecia as regras da casa, oito horas; nunca mais antes das oito, a não ser que eu traga algu-

ma bolacha de casa, aí sim eu poderei comer, mas comerei escondida para não ferir seus sentimentos, uma pessoa tão sensível como você num corpo tão abrutalhado, eu não podia adivinhar, pensei que você fosse tosca por inteiro, ainda mais com essa touca, tire essa touca da cabeça, você vai virar outra pessoa, faça uma escova no cabelo, perfume o cabelo, fique menos tosca, as pessoas te tratarão melhor, eu te trato mal porque, eu nem sei por que, mas você poderia sofrer menos, você é uma conformada, Sebastiana.

Inês não fala nada disso, só pede desculpas. Duas vezes: desculpa, Sebastiana, desculpa.
Depois pega a bolsa e vai embora.

Às 11 horas da noite Sebastiana sai do quarto. Escuto o ruído da minha cama. Penso em levantar, conversar com ela, mas não vou.
Escuto uma porta batendo.
Mau pressentimento.
Levanto, vou até a cozinha e encontro o bilhete.

"Não volto mais, seu Emílio, peço demissão. Gosto do sinhor, o sinhor foi bom para mim, mas hoje fui humilhada demais. Depois telefono para acertar as coisas. A Verinha vai pegar as minhas roupas. Obrigada pelos remédios que o sinhor deu para minha mãe no ano passado. Obrigada também pelo material de escola que o sinhor sempre dá para os meus filhos. O sinhor é bom. Um abrasso."

Espero amanhecer e vou procurar Elenice (a amante do marido de Sebastiana) no prédio vizinho.

— Elenice, desculpe aparecer assim, mas sou o patrão da Sebastiana. Ela pediu demissão e se foi. Talvez você possa me ajudar. Sei quem é você, não precisa ficar constrangida. Só quero que você mande um recado para ela, através do Francisco.
— Eu não vou dar recado nenhum. Briguei com o Francisco, só falo com ele se ele pedir perdão de joelhos. Aquele filho-da-puta arranjou uma amante. Filho-da-puta. Aliás, nem de joelhos eu aceito ele de volta.

(Vejam só. O marido de Sebastiana arranjou uma segunda amante, e está colocando um par de cornucópias na testa desta primeira amante. E mais cornucópias na testa de Sebastiana. Só constatando o óbvio: a testa de Sebastiana está bastante congestionada.)

Elenice continua falando.

— E agora o senhor me pede uma coisa dessa. Que se dane a Sebastiana. Eu não sei como ela agüenta esta situação. Se fosse eu, teria me separado há muito tempo. Mas onde aquela maluca estava com a cabeça para pedir demissão? Onde ela vai arrumar trabalho? Sempre falei para o Francisco que faltava um parafuso na cabeça dela.

E acrescenta:

— Por outro lado, com a vida que teve não se podia esperar outra coisa. Ultimamente eu até falava para o Francisco: não tripudia, trata ela bem. Se eu estivesse com o Francisco, juro que daria o recado.

(Uma troglodita, isto é certo. Mas tem pena de Sebastiana.)

Quando estou na porta do elevador, Elenice me alcança.

— Eu vou dar um jeito de mandar o recado. Aquela burra velha não pode pedir demissão.

***

Uma semana se passou. Sebastiana ainda não retornou.
Passo a tarde esperando ela telefonar.
E esperando o interfone tocar anunciando o almoço que pedi no restaurante.
E mais do que tudo, pensando no comportamento de Inês dos últimos dias. Segunda-feira no ateliê deu-me um estalado beijo na boca. Ruidoso mesmo. Quinta-feira comprou cola para mim. Tem estado mais carinhosa. (Tem?) (Comprar cola foi atitude de carinho?) Em relação à Sebastiana, Inês não demonstra preocupação. Acha que ela vai, simplesmente, voltar.

Qual cueca eu deveria colocar hoje?
Nunca estive tão perdido quanto à escolha de cuecas.

***

Estou me sentindo só como nunca. Sebastiana fazia parte ativa do meu mundo. Digamos que minha vida fosse um bolo, um bolo dividido em vinte partes, cada parte ocupada por pessoas relevantes para a minha existência. Sebastiana estaria presente em muitas fatias — dez, talvez. Onze. Doze. Treze.

O telefone toca, eu atendo ansioso. Não é Sebastiana, é Euclides. Ele me convida para jantar na casa de Raul (onde voltou a morar). Quer desfazer a má impressão que o companheiro causou, quer que eu goste dele. Pergunta de Sebastiana. Nada ainda, eu respondo.

Ligo para Inês falando do convite. Também invento um pretexto qualquer para ir até seu apartamento enquanto ela trabalha. Vou até lá, pego a miniatura, coloco em um saco e levo para um conhecido de Rosa, um laboratorista.

***

José Estêvão conversa com Inês sobre a viagem para São Paulo, falam a respeito de malas. Machado conversa com Bel e Joaquim, também sobre a exposição. Bel tirará fotos para trazer para Machado. Euclides não aparece. Deve estar preparando o jantar.
E eu?
Eu, nada.

Joaquim me chama em um canto.

— Vou me separar da Mara. Vou viver com a Bel, ela é a mulher da minha vida. Eu sei que você já percebeu tudo, por isto te conto.
— Não é precipitado? A Mara me pareceu uma pessoa bacana.
— Este é o problema, Emílio. A Mara é espetacular. E a família dela é espetacular, estou me achando um canalha, eu sei que a Mara não merece. Mas *eu* também sou bacana. E não mereço renunciar a esta paixão, entende o que eu estou dizendo?

Eu entendi tudo o que o Joaquim falou. Ele e Mara são bacanas. E a família é bacana. Além de Bel, que também é bacanérrima. Este é um triângulo amoroso onde todos os vértices são nota dez. Joaquim merece estar rodeado por estas pessoas especiais.

(E eu? Quais são as pessoas da minha vida? Uma possível criminosa, uma usuária crônica de touca que largou minhas panelas e uns primos que nunca aparecem.)

Bel se aproxima, olha pra mim com aquele ar de eu já sei que você já sabe e me dá um abraço. A miniatura na qual está trabalhando retrata um convento. Isto significa alguma coisa, é bastante óbvio. Bel é assim, maravilhosa, mas óbvia.

(Inês, poderias ser óbvia durante cinco segundos? Bastaria, para eu dar uma rápida espiada em teu caráter.)

***

Raul tenta ser simpático, nos serve bebidas. Peço, discretamente, para Inês não exagerar, lembro que ela já está alterada, bebeu antes, senti pelo hálito. Ela não escuta. Para variar.

Euclides tira do forno um prato que não consigo decifrar. Pergunta de novo por Sebastiana, está preocupado com ela, quer ajudar. Depois fecha a porta da cozinha e conta que Raul tem falado eu te amo como nunca; e lhe deu de presente uma jaqueta de couro. Eu sempre quis uma jaqueta, mas nunca pude comprar, diz Euclides. O Raul sabia disso, quis me agradar, me pedir desculpas. Euclides acha que, no final das contas, a separação serviu para unir os dois. Estou feliz por você, eu falo.

Durante o jantar Raul conta que não é evangélico, nem religioso, nem nada, mas é fascinado por programas religiosos de televisão. Fica hipnotizado por pastores, padres ou qualquer pessoa de qualquer crença que fale fervorosamente a respeito de Deus. Mas só gosto pela televisão, ele diz, me recuso a ir a igrejas. Inês fala que deve ser culpa.

— (Raul) Culpa de quê?
— (Inês) Da sua condição homossexual. Você sabe que não é natural, que Deus não vê co...
— (Eu) Inês, por favor, acho que você bebeu um pouco. Não começa com essa história de novo.
— (Inês) Deixa eu falar. Deus não gosta desse negócio.
— (Eu) Inês, pára...
— (Inês) Deus, se fosse vivo, seria casado. E teria filhos. E uma amante.

Euclides ri, constrangido. Percebo que ele fala baixo para Raul: Ela é assim mesmo.

***

Hermes (o laboratorista) no telefone.

— Examinei a miniatura, não vi nada de mais.

Hermes quer saber o que estou procurando. Dou uma desculpa qualquer.

Pego a miniatura e levo de volta para o apartamento de Inês. Felizmente, ela não sentiu falta.

***

Além de Sebastiana, que ainda não apareceu, Inês desapareceu mais uma vez. Esvaiu-se. Esfumou-se. Transpariu-se. Transputaquepariu-se.

Passo o dia telefonando, já que não tenho coragem de procurá-la novamente em seu apartamento.
Ligo para Norma. Por vingança.

Sair com Norma não será vingança fácil, confesso. Encarar seu bico do seio uma segunda vez requererá uma dose de coragem. (Eu e minha covardia abrimos exceções de quando em quando.) Sinto que desta vez minhas Eulálias e Rosálias não surtirão o efeito esperado, pobres primas. Terei que recorrer a outros artifícios. Pensarei em Inês, agora sim, odiosa Inês.

(Inês, Inês... você e tuas pernas de um metro de comprimento. Se na Idade Média vivesses, serias considerada aberração. Terias as pernas amputadas para não destoar das outras moças. E *se* sobrevivesses, usarias saia com o propósito de disfarçar a condição de perneta. Isto *se* fizesses parte da nobreza. Se do povo fosses, preciosa, encarando os fatos e a justiça relativa aos tempos... estavas frita.)

Norma mostra-se encantada com meu convite. Proponho um jantar no Ciano. Ela tem uma festa, pergunta se eu quero ir. Aceito. Imagino que só então, depois da festa, iremos aos bicos, aos seios, aos pêlos, ao inferno.

A festa é de alguém que Norma não conhece bem. Parece animada, música sacolejante, muita cerveja. Só vejo copo copo copo. Não vejo prato, não vejo talher, não vejo guardanapo.

O som altíssimo, pessoas dançando cheias de substâncias ilegais dentro do organismo. É possível imaginar os cérebros dessas criaturas, carcomidos, esburacados. Norma pertence a este grupo, droga na cabeça. Não na minha frente. Na minha frente só dança — cada vez mais freneticamente, o bicão do seio querendo saltar da blusa. E a boca... a boca continua inexplicável.

Mais tarde. Apartamento de Norma.
Sexo na cozinha (sexo de roupa, para minha felicidade — apenas cuecas e calcinhas dispensadas) em meio a pães, biscoitos, massas. Minhas narinas são receptivas ao cheiro dos farináceos, de modo que minha libido se potencializa. Grau máximo, libido nível 10, 11, 12.

(Inês, prenda minha, perdeste a minha máxima libido. No meio dos pães, Inês. Semolina, Inês. Inês, quero fazer amor contigo dentro de uma padaria. Queria que você fosse feita de massa, te mastigaria com vigor — porque no que diz respeito a você, Inês, há de se mastigar bem.)

***

Quando abro a porta de casa Inês olha para mim com os olhos vermelhos e começa a chorar.
Soluça, funga.
Líquidos pegajosos escorrem de algumas de suas cavidades.
Me abraça forte, mal consegue falar.
Ofereço um copo de água com açúcar.

Depois de meia hora Inês se acalma. Conta que no dia anterior recebeu a horrível notícia: uma de suas primas (a mais querida, a mais próxima, a Elvira) sofreu um acidente, está em coma. Inês passou o dia no aeroporto tentando embarcar. Não encontrou passagem, voltou tarde.

— Desculpe por não ter ligado, por ter desaparecido, não sabia o que fazer.

Toma meu colo, eu digo, meu colo é todo teu, não faça cerimônia.

Falo isto com desânimo.
Decepção, até.
A verdade é que não sei se suporto uma Inês se desmanchando, frágil. Preciso da Inês frigorífica, crua, carnívora,

costelas, cachorro. Esta Inês de olhos vermelhos, nariz entupido, muco, secreções, tudo mole, lembra a minha própria fragilidade.

(Norma foi uma vingança precipitada. Desculpe, Inês.)

***

Durante os dias seguintes, Inês dorme em meu apartamento, telefona várias vezes para a família, está péssima. A família a aconselhou a não ir para Minas, de nada adiantaria. A prima ainda está em coma.

***

Inês não quer ir ao ateliê, não quer se arrumar, vira um trapo. Eu, sem saber como me relacionar com trapos, passo a maior parte do tempo fora de casa. Percorro várias ruas novas, de bairros distantes.

Uma semana após a chegada de Inês, Sebastiana aparece. Nada no olhar — a vida continua carrasca. Apenas voltou (como Inês previra).
Voltei, ela diz.
Dou um suspiro de alívio, pego sua mala e levo para o quarto. Sebastiana pergunta por Euclides. Ele está bem, voltou para o Raul, os dois estão se dando bem. Informo também, com receio, que Inês está passando alguns dias comigo. Sebastiana quer ir embora, eu não deixo. Eu a faço sentar, sirvo laranjada, conto da prima de Inês, do coma, da tragédia. Sebastiana escuta.

Inês entra na cozinha. Fala oi para Sebastiana. Senta-se ao seu lado e come a casca de um pão. As duas se olham. Não sorriem. Inês torna a olhar para o nada, comendo a casca do pão.

A cena é insuportável. As duas mulheres da minha vida, as duas fortalezas, desse jeito, esfarelentas, sentadas à mesa, aceitando aquele momento com passividade.
Esta passividade é minha, tenho vontade de gritar, minha!

Refugio-me novamente nas ruas. Não consigo pensar em nada consistente.
Quando retorno, cena mais melancólica me espera. Inês e Sebastiana *ainda* estão no mesmo lugar em que as deixei. Continuam sem se olhar. E, para passar o tempo, catam os farelos de pão da mesa e colocam no prato. No *mesmo* prato. E brincam com os farelos e juntam os farelos em montinhos, e desfazem os montinhos e espalham novamente os farelos. Olham vagamente para mim. Pego azeitonas e tomates secos na geladeira. Vou para a sala, coloco uma música e durmo no sofá.

(Inês, cadê o teu olhar, cadê? Eu quero a Inês que congela os músculos. Meus músculos estão gelatinosos, Inês. Estou caindo no abismo, não estás vendo? Nem fungadas em teu pescoço eu teria condições de dar agora. Até porque, neste momento, tu exalas um forte cheiro de peixe estragado.)

***

A viagem para São Paulo foi agradável apesar de José Estêvão. (Eu, Bel e José Estêvão dividimos o carro de Joaquim.) (Joaquim e Bel, cada vez mais unidos, mais embolados — eu, cada vez mais distante do amor desses dois, cada vez mais invejoso.)

Inês chegou a São Paulo um dia depois. Foi a Minas visitar a prima. Voltou eufórica, tudo mudou, a prima saiu do coma; aparentemente não terá graves seqüelas. Acabou o pesadelo. (Graças aos céus a fragilidade de Inês é passado.) (Novamente não me chamou para conhecer a família. Se eu protestei? Timidamente, como convém a um covarde.)

***

Vernissage. Inês se veste de maneira equivocada para um evento vespertino. Usa vestido preto colado ao corpo, com lateral em cetim. Salto do sapato descomunal. Coque — o que deixa ombro e pescoço livres, ressaltando a mandíbula. Forte mandíbula de Inês, mandíbula assassina. Se fosse um tubarão teria mordedura profunda, letal. Eu, com minha tímida mandíbula, visto-me discretamente. Camisa cinza-claro, calça cinza-escuro, sapatos pretos. Cueca de número 11.

Inês não faz comentários a respeito da minha roupa. Eu falo: Estás bonita, girafa. (Adivinhem: Não falo nada, tenho medo da minha girafa.)

***

A exposição acontece em um Centro Cultural recém-inaugurado, de quatro andares, arquitetura excepcional, todo branco. (Eu, todo cinza.) A Mostra Nacional de Miniaturas ocupa os dois primeiros andares. O terceiro andar abriga dois requintados restaurantes e um balcão para cafés e lanches rápidos. O quarto andar é destinado a atividades alternativas: pequenos espetáculos, palestras, performances.

Inês perambula pelos corredores da exposição: séria, ossuda, dispersa. Depois de pouco tempo quer ir embora. Antes que meu cérebro preparasse minhas pernas para o ato de ir atrás, ela já havia desaparecido.

(Inês, a verdade é que me deixas tonto, confuso. Esta sensação de tontura às vezes é boa, concordo. Mas pode ser perigosa, já que depois da tontura pode acontecer o tombo — um belíssimo estabaco da minha pessoa, scatapluft, no chão. E há o perigo de eu ser pisoteado ou mesmo atropelado por um possante. Cuidado com o que fazes comigo, monstra.)

A exposição está cheia. Muita gente examina os trabalhos. José Estêvão está transtornado de alegria (sim, transtornado é a palavra certa). Ele fica ao lado de sua miniatura, finge estar apreciando, à espreita de algum admirador. Quando alguém pára, ele se apresenta. O pobre visitante fica de dez a 15 minutos preso às garras de José Estêvão.

Converso com Joaquim, Bel e mais três expositores: Breno, de Porto Alegre; Sônia e Meire, de Minas Gerais.
Meire tem unhas azuis.
Elogio as unhas de Meire e dedico muitos sorrisos para esta moça de olhos amendoados e cheiro de papel (Meire tem unhas azuis e cheiro de papel, papiro, sei lá). Invento várias coisas para ela, inclusive a mentira oficial — a de que trabalho na bolsa de valores. A miniatura é meu *hobby*.
Meire é tímida, delicada, gentil. E de pequena estatura. Tudo o que não tolero em uma mulher. No entanto, o ódio momentâneo por Inês me faz sorrir para a nanica.

Fim da *vernissage*, organizadores satisfeitos, expositores também.

E os fotógrafos? Por incrível que possa parecer, percebi um jovem com equipamento profissional tirando fotos de minha miniatura. Aproximei-me, apresentei-me, mostrei-me tranqüilo. Bem diferente do histérico José Estêvão.

***

Joaquim propõe que jantemos junto com Breno e as mineiras. Fala de um restaurante marroquino localizado em Vila Madalena. Raul e Euclides se juntam a nós. Eles estão com mais dois expositores paulistas, dois belos rapazes. Sentindo os efeitos do álcool, começo a rir muito. Restaurante marroquino, eu fico repetindo. As mineiras riem também. Assim como José Estêvão.

Euclides me chama em um canto.

— Você bebeu, Emílio.

— Um pouco.
— Cadê a Inês?
— Foi embora, me largou aqui, eu sou um otário, meus primos têm toda a razão.
— Pára com isso.
— Eu devia ter mandado ela pastar. Tá pensando que eu vou atrás dela pra sempre? Eu devia ter falado novamente da âncora, e a âncora, Inês?, âncora te lembra alguma coisa?
— Âncora...?
— Âncora, sim senhor.
— E o que é que tem isso?
— Nada, deixa pra lá.

O restaurante marroquino é escuro. Difícil enxergar direito as pessoas.
Meire senta ao meu lado.
O cheiro de papel é forte.
Ainda estou ligeiramente descontrolado.

Raul conversa com um dos rapazes, Euclides conversa com o outro. Tenho a impressão de que, saindo daqui, farão um programa. Não sei se dois a dois, ou os quatro. Entendi que a relação de Euclides e Raul comporta este tipo de atitude. Mas acho que Euclides aceita esta condição apenas para agradar Raul. Raul sim, é ligeiramente promíscuo. Não é romântico como Euclides, não é um homem de aranhas, não é.

Motel de beira de estrada com Meire, táxi para ir, táxi para voltar, programa desgastante. Minha performance foi aquém do normal.

***

Chego ao hotel às cinco da manhã. Inês dorme de boca aberta. Fico imaginando a que horas chegou.
Telefono para Sebastiana (ela tem dormido em casa e é a hora em que habitualmente se levanta). Ela atende assustada. Aconteceu alguma coisa?, ela pergunta. Nada, só quero que você prepare camarões para quinta-feira, quando eu estiver voltando. Consulte o livro novo de frutos do mar que eu deixei na cozinha; receita da página 47 — a que leva rodelas de *grapefruits*, arranje bons *grapefruits*. Para acompanhar os camarões, pegue o livro azul grande. Na capa está escrito Chef Sebastien Courbet. Faça a salada da página 30. Só substitua rúcula por alguma outra folha. Por favor, Sebastiana. Por favor.

Desligo o telefone.
Eu te amo, Sebastiana. Você é minha mãe, minha avó, minha tia, minha empregada, minha desvairada, minha cabeluda servil, você é tudo isso.

Depois de falar com Sebastiana me sinto mais conectado com o mundo, me sinto parte dele. Tenho uma casa, tenho livros de receita, eu me alimento, eu tenho talheres, eu tenho uma pessoa que trabalha para mim e que acata o que eu falo, eu sou educado com esta pessoa, eu dou ordens pelo telefone, eu deixo bilhetes para esta pessoa.
E eu tenho uma namorada que me maltrata.

(Maltrata, isto já estamos carecas de saber. Assim como já sabemos que isso não me desagrada de todo. Não agüentaria ser o mais forte da relação — agüentei por breves dias, durante o coma da prima. Ao mesmo tempo me incomoda o desprezo desta namorada por mim, da pouca consideração. Tudo tem limite. E eu não sei o limite de nenhum dos dois lados — o quanto eu agüento sendo maltratado e o quanto eu agüento no papel de protetor. E o que eu faria se qualquer um dos limites fosse ultrapassado.) (O limite está sendo ultrapassado? Talvez, não sei.)

***

Acordo meio-dia. Inês já está arrumada, de banho tomado. Não me diz bom-dia, não me dá um beijo. Apenas comunica: estou descendo para o café. Falo, como quem não quer nada, sobre uma âncora.

— E daí? Você viu uma âncora.
— Vi.
— Tá. E daí?
— Daí que era uma âncora.
— Qual é o seu problema com as âncoras? Parece uma obsessão.

E acrescenta, antes de sair: Estou farta dos seus comentários ridículos.

(Inês, querida, é visível que ficaste alterada com a menção da âncora, é visível a olho nu.)

É isto o que eu quero agora: assustar Inês. Imagino que uma pessoa como ela, acuada, seja perigosa. E viver com o perigo deve ser estimulante.

Faço rapidamente minha higiene matinal e desço para o restaurante do hotel. Inês divide uma mesa com Raul, os dois gargalham. Consigo escutar alguma coisa. Parece que falam mal das pessoas que vieram à *vernissage.* De onde estou não posso ser visto, de modo que observo os dois durante alguns minutos.

Uma coisa feriu-me até a alma: descobri que Inês é engraçada. Inês é engraçada. Engraçada. Difícil engolir. Engraçadíssima.

(Por que foste ser engraçada agora, Inês? Preferia não ter descoberto mais esta nuance da tua personalidade. Vai contra a minha natureza relacionar-me com pessoas que promovem o riso. Para conviver comigo há que promover o pranto e o medo. E para mim tu és assassina querendo ou não; tu és gélida querendo ou não; tu és cruel querendo ou não. E ai de ti se não cumprires este perfil. Arrebento-te, Inês, arrebento-te.)

Volto para o quarto, me olho no espelho. Meu nariz não combina com a boca, que não entra em harmonia com o queixo — cujo formato desfavorece o restante do meu rosto. Estou feio.

***

Euclides, Raul, Inês e eu vamos encontrar um amigo de Raul, Clóvis.

A casa de Clóvis é espaçosa, em tons de pêssego. Objetos exóticos predominam na decoração. Clóvis trabalha como psicoterapeuta e atende na própria casa. Trabalha com terapia voltada para grupos homossexuais.

— (Clóvis) Um heterossexual nunca entenderia plenamente um homossexual. Acho que eu posso ajudar mais.

— (Inês) Você também atende mulheres *gays*?

— (Clóvis) Também.

— (Inês) Mas você não é mulher. Como pode entender as mulheres?

— (Raul) Você não entendeu o que ele quis dizer, Inês.

— (Clóvis) Não importa se é homem ou mulher.

— (Inês) Isso é uma palhaçada.

— (Raul) Não repara. Ela é uma gozadora. Sacaneia até a mãe.

— (Clóvis para Inês, sorrindo) Tô vendo. Gostei de você. A gente vai se dar bem.

Neste momento eu me dou conta. Percebo tudo.
Começo a suar, o ritmo do meu corpo entra em desvario. Minha pressão cai. Euclides toma providências: manda Raul comprar algum medicamento, me dá sal, tira meu pulso.
Sensação de morte, solidão, traição.
Traição.
Estou sendo enganado da pior forma.

A caminho do hotel lembro de todas as opiniões de Inês a respeito de homossexuais. Lembro de tudo o que ela falou para Euclides. E Euclides, como eu, acreditou em tudo, não percebeu o deboche, a ironia — e o desprezo de Inês por quem nela acredita. Raul percebeu imediatamente a verdadeira Inês desde o jantar em sua casa. A Inês debochada. Os dois são parecidos, se deram bem. Agora percebo: Inês quer estar com pessoas com quem ela possa gargalhar — não falo de pessoas normais como Joaquim, Bel, Machado. Para ela, esta qualidade de pessoa é aborrecida, tola.

Pergunta pertinente neste momento: Por que Inês está comigo?
O motivo é o mais básico, o mais simples, o mais vil (e o mais banal): dinheiro. Já paguei vários aluguéis atrasados, dei presentes, paguei passagens para que ela visitasse a família. E outras pequenas coisas.

O que fazer diante desta constatação? Nada, por enquanto. Como já falei várias vezes, Inês deu sentido à minha vida, preencheu a solidão. Até agora foi sutilmente cruel comigo. E foi o que me encantou. (E agora? Está sendo cruel demais e passou o limite? E agora? Com outros, engraçada, debochada — ao mesmo tempo frágil, sensível, sofrendo em função do coma da prima. Ou seja, uma pessoa normal. Dura comigo simplesmente porque não me suporta. Dinheiro, apenas dinheiro. E agora?)

(Inês, agora eu me perdi. Me perdi de mim. Tenho que me encontrar antes de saber o que fazer em relação a ti. Me enganaste, ossuda. E meu nariz não sente cheiro de nada.)

***

Prometo corresponder-me com Meire.
Joaquim e Bel conheceram mais três miniaturistas dos quais ficaram amigos e esperam que eles passem alguns dias no Rio.
José Estêvão, para minha surpresa, também fez amigos, gente que parece ter gostado dele.
O clima no saguão do hotel é caloroso. Abraços, beijos. Tem gente realmente feliz aqui.

Eu estou péssimo.

(Inês resolveu ficar mais um dia em São Paulo. Quer visitar uma amiga. Não acredito em mais nada.)

A viagem de volta é um suplício. Não consigo prestar atenção às graças de Joaquim, só penso em Inês. Onde eu poderia encaixar a figura da assassina em meio a este novo perfil?
Sim, os indícios de que ela está envolvida no caso da Tijuca são mais claros a cada dia.

***

CAPÍTULO IV

"Por favor, Sebastiana, não coloque creme sobre o bolo. Coloque ao lado, com alguma distância entre eles, para que eu possa misturar como quiser, nas proporções que eu bem desejar. Posso resolver, de última hora, comer apenas o bolo ou apenas o creme. Ao invés disto posso querer uni-los na colher. Ou mesmo uni-los dentro da boca — introduzir primeiramente o bolo na cavidade bucal e antes de começar a mastigá-lo, introduzir o creme. Obrigado."

Meus bilhetes para Sebastiana agora estão assim: longos e confusos. Às vezes deixo verdadeiras cartas.

— Viu meu bilhete, Sebastiana?
— Vi.
— Você não fez o que eu pedi.
— Fiz. O creme separado do bolo.
— Você botou uma cereja.
— Sobrou do pote que o doutor Euclides mandou de presente.
— O Euclides não é doutor.
— É quase.
— Enfermeiro não é doutor. E o líquido da cereja se espalhou no creme. O creme ficou com gosto de cereja.
— O senhor sempre gostou de cereja.

— Mas não *com* essa mistura, Sebastiana. Não com essa mistura. As coisas não são tão simples.

Exatamente. As coisas nunca são tão simples.

— Dona Inês já voltou de São Paulo?
— Não.
— Quando ela voltar e vier jantar aqui posso preparar alguma coisa.
— Você não gostava dela, não estou entendendo.
— Mudei de idéia. Vi que ela tem coração.

(É como eu digo: as coisas nunca são tão simples.)

— Como você chegou a essa conclusão?
— Pelo sofrimento dela com a prima.
— E se eu falar que ela estava assim por outro motivo? Falou que era por causa da prima como desculpa.
— O senhor está mentindo.
— Talvez. Mas você nunca vai saber. Só lembra de como ela te tratava antes.
— Aquilo foi um mal-entendido.

(Como eu ia dizendo, Sebastiana, as coisas nunca são tão simples. Ficarás na dúvida, problema teu.)

(Sim, falar mal de Inês para Sebastiana. É isso que farei. Recuso-me a presenciar, passivamente, climas de harmonia em minha própria casa.)

(Para mim existem dois caminhos: a vida traduzida em um imenso vazio, sem nada dentro, deserta — desolação, angústia, melancolia. Ou então o caminho do horror.)

(Vocês verão o horror, meus caros, você verá o horror, minha caríssima Inês. Talvez você tenha ultrapassado o tal limite, o tal, aquele que despertou o horror em mim. Primeiro mostrou sentimento com a prima em coma, nunca esperei isto de você; depois arrebatou a minha Sebastiana, nunca esperei isto de você; e ainda, como se não bastasse, revelou-se engraçada, debochada, risonha, nunca esperei isto de você. E você, o que espera de mim? Sou louco varrido, Inês, varrido e louco, os dois ao mesmo tempo, a combinação é perfeita: louco varrido.)

***

Inês ainda não voltou de São Paulo. Falou de lá com a gerente de sua loja, pediu férias. Ligou-me, fingiu-se de saudosa e pediu-me dinheiro emprestado. Já fez isso em outras ocasiões, mas nunca liguei, nunca registrei, nunca cobrei.

Emprestei o dinheiro, mandei depositar em sua conta.

***

Estou feito um lunático, angústia quase insuportável. Compro várias canetas, prometo para vários gerentes a abertura de contas com seguros de toda espécie.
Muitos bilhetes para Sebastiana.

"O talher do peixe colocado à mesa durante o almoço de terça-feira apresentava áreas gordurosas incompatíveis com a minha conduta de higiene. A parte posterior do prato apresentava o mesmo problema. Lave melhor."

"A casa não está limpa. Pó na estante do quarto de hóspedes. Pó na saleta. Vidro do boxe opaco, sem a transparência esperada."

"A maçã do crepe não flambou corretamente. Existe o ponto exato, a maçã deve amolecer suavemente sem perder a firmeza, sem virar geléia. E a maçã não deve ser a ácida, deve ser vermelha. Favor escolher a argentina ou a gala nacional."

"Favor apresentar o brócolis de forma mais harmoniosa em relação ao guisado, quando este ainda estiver sobre a travessa — antes de ser repassado ao meu prato. A estética, Sebastiana. A decoração do prato, o bom-gosto com as cores. Vou matriculá-la em uma escola de arte. Muito grato. Gratíssimo. Você está desligada demais, Sebastiana."

***

Euclides quer saber se procurei um médico, lembra do mal-estar que tive em São Paulo. Invento qualquer coisa, estou bem, estou ótimo. Evito falar de Inês.

Gosto do Euclides. Apesar de ter um comportamento ingênuo e generoso — qualidades que, como já está claro, me perturbam —, é tão solitário quanto eu. Euclides é um pobre coitado. Não tem família, não tem dinheiro, não tem amor (porque isto também é claro: Raul não ama Euclides. Raul *precisa* de alguém como Euclides, que o ame incondicionalmente, que precise dele para respirar. Por isso o tolera. Melhor que Inês, que me tolera pelo dinheiro).

***

Inês chegou ontem de São Paulo. Ainda não fez compras para seu apartamento, veio jantar aqui. Está faminta, come atropeladamente, grandes porções em cada garfada.

Sebastiana fez o prato favorito de Inês — bolo de carne com farofa e creme de milho.

Entre uma garfada e outra, Inês conta que conheceu o *Marché aux Miniatures* de São Paulo. Três vezes maior, ela fala, comprei um monte de tralhas. Mas você não era contra?, eu pergunto. Era, ela continua. Era. Eles têm pisos interessantes, esquadrias e cortinas. Vou fazer uma miniatura retratando o século XVIII, resolvi abrir mão de tanto preciosismo.
Inês fala sobre sua miniatura durante meia hora.
Eu enrolo e desenrolo o guardanapo como sinal de protesto.

Depois de empanturrar-se e de consumir três copos do licor que guardo para ocasiões especiais, Inês se prepara para ir embora. Quer dormir em seu apartamento. E quer dormir cedo: vai voltar a trabalhar no dia seguinte. Peço que fique mais um pouco, tento abraçá-la. Inês sabe escapar dos meus abraços com maestria.

— Senta um pouco, pelo menos. Vamos conversar.

— Tá. Fico mais um pouco.

Inês senta no sofá deixando claro que não quer demorar: não recosta, não tira os sapatos, fica perto da bolsa.
Eu fico quente, meu rosto arde.

— Soube que você ficou amiga do Clóvis.
— Fiquei.
— Raul disse que você foi a uma consulta em grupo.
— Fui. Estava curiosa. Esse tipo de pessoa me intriga.

(Intriga uns tomates. Você foi para se divertir, você lava a alma escarnecendo sobre a alma alheia.)

— Foi interessante escutar aquelas mulheres. Mas eu não aceito a opção delas.
— Será que não?
— Claro que não. Você sabe o que eu penso.
— Pára de mentir. Você aceita. Você aceita tudo.
— O que é que você tá falando, Emílio? Aquelas mulheres são esquisitas.
— Do que é que você ria tanto com o Raul, no restaurante do hotel, em São Paulo? No café da manhã...
— ...?
— Estou cansado, quero uma resposta agora. Agora. O riso. Quero explicações.
— O que é que deu em você? Não estou entendendo nada.

Perco a compostura. Grito com Inês.

— Você finge que não está entendendo! Você acha que eu sou imbecil!
— Eu não acho nada. Você está maluco.

— Você me enganou esse tempo todo.
— Pronto, enlouqueceu *mesmo*.
— Enganou. E pessoas na sua condição, Inês, têm que tomar precauções. Podem pegar a pessoa errada pela frente. Você deveria ter escolhido com mais cautela alguém para enganar.
— Pára com essa história. Não estou enganando ninguém. Você é um imbecil.
— Exatamente. Você sempre me achou um imbecil.

Inês pega a bolsa para ir embora. Eu a empurro contra a parede. Escuto um som, talvez uma vértebra se quebrando. Inês cai no chão, não consegue se mexer. É dor o que ela sente. Uma das costelonas sofreu algum tipo de traumatismo.

Sebastiana está parada na porta da sala, estática. Falo para ela ir para o quarto. Ela vai, congelada, nunca me viu assim.

(Vale ressaltar que não estou fora de mim. Empurrei Inês totalmente ciente do que fazia. Era a atitude mais correta a tomar. Pessoas como ela devem ter as costelas quebradas. É como penso.)

***

Inês fraturou uma das vértebras.
Está engessada, o tronco engessado.
Ela consegue andar pequenas distâncias, mas não tem condições de ficar sozinha em seu apartamento. Tomar banho, por exemplo, é difícil. É ajudada por Sebastiana.

Inês não tem amigas que a abrigariam e toda a sua família (bem mais pobre do que eu imaginava) está no interior de Minas. Ela insinuou que eu pagasse uma passagem de avião para que fosse ficar com eles. Fingi não entender a indireta.

Nos primeiros dias após o acidente Inês mal olhava para mim. Não respondia quando eu me dirigia a ela. Depois passou a agredir-me com palavras como: covarde, imoral, pessoa insuportável, pessoa abaixo da crítica, bolha, otário.
Bolha e otário soaram mal. Eu aproximei-me da sua cama, apertei-lhe os pulsos (os dois pulsos, nessas horas tem que ser os dois), dobrei-os até um certo limite para não quebrá-los. Depois empurrei sua cara contra a parede, pressionando a parte posterior da cabeça.

— A partir de agora você vai falar direito comigo.

***

Inês lança-me olhares turvos, cheios de pavor. Em alguns momentos acha que eu fiquei com algum tipo de ciúme do Raul. Ou do Clóvis. Mas não tem certeza. Está confusa.
Não falo muito, deixo que seu cérebro se rale todo.

(Eras tão segura, amada, agora sentes temor. Bem feito, bem feito.)

***

Sensação nova: alguém com medo de mim.
Pensei bastante sobre isso, fiquei agitado, animado.
Imaginei algumas maneiras de aumentar este medo — ou de suavizá-lo. Conforme a minha vontade. (Estou certo de que alimentar o medo de outrem pode ser considerado uma espécie de arte. No entanto, há de se alimentar com sutilezas. Mais uma costela quebrada, mais um pulso apertado e Inês foge, chama a polícia, cria confusão. É preciso assustá-la com habilidade, pelas beiradas, como se esfria um prato de sopa.)

***

Inês pediu outra licença do emprego e tem a nítida sensação de que será demitida.
Acho que sim, ela será demitida.
A propósito, sem emprego e dinheiro, suas chances de sair do meu apartamento diminuem sensivelmente.

Sexo. Acabaram-se as dificuldades de antes. Acabaram-se as roçadas de braço, as aproximações pelo pé, as estratégias militares. Agora me aproximo da engessada e a beijo na boca. De olhos abertos. Ela é obrigada a fechar os dela, já que não consegue enfrentar meu olhar vigilante, que quer dizer: "Vou te cheirar sem cerimônia, Inês, vou fuçar tuas entranhas mais entranhadas; tuas entranhas devem ser púrpuras, não sei por que, mas as vejo desta célebre cor, cor de ódio, o ódio tem exatamente esta cor, púrpura."

***

Três semanas se passaram desde o *acidente* de Inês. Em função do medo, agora ela assumiu uma atitude ligeiramente óbvia: finge que desenvolveu um carinho por mim. Ela quer que eu acredite que *agora* ela me descobriu. Uma tática canalha.

Fala manso comigo, elogia algumas das minhas miniaturas (ela mesma passa os dias fazendo miniaturas). Pediu à Sebastiana que preparasse um bolo para o meu aniversário; e pediu que ela comprasse — já que não pode sair de casa — um presente para mim.

Sebastiana comprou um CD de músicas clássicas, seguindo ordens de Inês.

— Parabéns pelo seu aniversário.

— Obrigado.

— Pedi para Sebastiana fazer um bolo também. De nozes, como você gosta.

— Eu não vou poder ficar. Tenho ateliê hoje. Mas faço questão absoluta de comer um pedaço.

E acrescento, desagradavelmente:

— Espero que sejam nozes da Malásia, as únicas comíveis.

(Nozes da Malásia? Invento isso na hora. Me divirto. Mentir pode ser divertido.)

(As mentiras, como já disse, são necessárias para o bom funcionamento da vida. No entanto, neste caso, a mentira serve apenas como lazer.)

(Estou aprendendo com você, Inês, querida, aprendendo a me divertir. Estou gostando.)

Chamo Sebastiana, peço que ela traga o bolo rapidamente, pois estou atrasado.
Sebastiana está com pena de Inês, isto é fato. A ingênua sem touca (nunca mais usou o capacete, a conselho de Inês) me chama em um canto.

— Não faz isso, seu Emílio. Ela queria tanto fazer uma surpresa, agradar o senhor...
— Você é ingênua, Sebastiana.
— Ela gosta do senhor. Ela era dura porque teve uma infância triste. Tinha medo de gostar do senhor de verdade. E estava começando a acontecer isso. Ela me explicou.
— Não é nada disso. Ele quer te enganar.

Volto para a sala, como o bolo com pressa. Elogio, agradeço. E sou levemente escroque.

— Você se incomoda se eu levar um pedaço para o Joaquim? Eu sei que ele gosta de nozes.
— Claro. Pode levar.
— É que talvez fique chato eu levar *só* para o Joaquim. Faz uma coisa. Pega um pedaço para você, outro para Sebastiana e eu levo o resto para o pessoal. O que você acha?

Inês se contorce, se humilha.

— Acho ótimo. Manda um abraço para todo mundo. E um beijo pro Euclides. Já tentei ligar mil vezes pra ele e para o Raul, e não consigo.

Não contei para Inês que Euclides e Raul se mudaram e mudaram de telefone. Não contei que o celular do Raul foi roubado e ele trocou de número também.

Que delícia de coincidências.
Que delícia Inês estar isolada.
Cueca de número...? Uma cueca nova, esta ocasião merece. Um sentimento novo, um sentido novo. Será a cueca de número 18. Pretendo usá-la incontáveis vezes.

— Antes de sair quero te falar uma coisa, Emílio.
— Fala.
— Você me interpretou mal. Nunca fiz pouco de você. Eu era meio distante por medo de me envolver de verdade.
— Tá. Eu acredito em você. Acredito mesmo. Descansa. Tchau.
— Você não tem mais nada pra dizer?
— Tenho. Diz pra Sebastiana caprichar mais no teu banho de assento.

Meu Deus, como é bom tripudiar. Pena não ter descoberto antes.
A crueldade em pequenas doses pode ser edificante.
No meu caso, crueldades improvisadas, tudo feito na hora, palavras saindo da minha boca.
Mas sou pessoa razoável: crueldade só com quem merece.

***

Festa no ateliê. Ninguém sabia que era meu aniversário. Machado, Joaquim e Bel vão até um supermercado próximo e compram uma vela. Apreciei o carinho.

Todos cantam parabéns para você, para mim. Vela sobre os três quartos de bolo que eu trouxe de casa. O bolo que Sebastiana fez, inocente, comandada.
Comandada pela mulher que se passava por geleira para não ter que me fazer carinhos.
Comandada pela mulher que queria que eu acreditasse no temperamento de geleira, para disfarçar o real propósito do namoro: dinheiro.
Comandada pela mulher que não é geleira, é simplesmente canalha.
Comandada pela mulher que, apesar de canalha, tem sentimentos. A canalha é sensível quando se trata da família. A canalha pode ser boa amiga com os amigos canalhas com quem se identifica — e com quem se une para tripudiar e escarnecer.
A canalha pode ser boa com Sebastiana, já que precisa dela.

Tenho que repetir isto para mim, para continuar a maltratá-la sem remorsos, com crueldade genuína, justificada e aceita como legítima defesa.
É isso.
Crueldade em legítima defesa.

Depois que todos comem o bolo, Euclides me abraça forte. “Parabéns, Emílio. Você merece. Nunca vou esquecer o que você fez por mim. Você me abrigou na sua casa no momento em que eu mais precisei." E pergunta mais uma vez a respeito de Inês, da fratura, do tratamento. Repito que ela não quer visitas, está se achando feia, pra baixo.

— Não quer visitas nem da família. E continua sem querer falar com ninguém. Acho até que ela está meio perturbada. O motorista que provocou o acidente fugiu e ela ficou, sei lá... Está com mania de perseguição, agressiva, me acusa de coisas. Estou preocupado. Queria que ela conversasse com um psicólogo, mas ela não quer.

José Estêvão aperta a minha mão. Por incrível que pareça, acho que gosta de mim. Quer mostrar-me, em um livro, a cadeira que pretende colocar em sua miniatura. Uma cadeira inspirada na série de Vanclair. Elogio a cadeira: "Boa idéia, você sempre foi criativo."

Sou intimado por Machado, Joaquim e Bel (que já estão morando juntos) a continuar a comemoração em algum bar. Como era de se esperar, Bel bebe além da conta. Ela reclama que Mara liga demais, umas cinco vezes por dia. Joaquim tenta defender a ex-mulher: ela liga por causa dos meninos. Eu me meto na conversa, louco, me veio uma loucura, não sei o que é. Faço um discurso a favor de Bel, de Joaquim e de Mara. Um discurso emocionado, elogio os três, me derreto. (Gostaria de falar assim de mim, de Inês, mas a vida traçou um caminho diferente, um caminho púrpura.)

Joaquim lança-me um olhar agradecido. Bel fica com os olhos cheios de água, envergonhada pela própria atitude.
Machado sorri, gostou das minhas palavras sensíveis, do meu espírito generoso.

(Nossa, como eu fui generoso. Até eu estou espantado.)

Generoso.
De verdade.
Queria, de fato, ajudar essas duas pessoas que se amam de forma íntegra.
Certo, eles nada têm de nuvens.
Pois então... descobri que também me afeiçôo a gente deste tipo. Gente de bem.

Curiosidade: minha crueldade e meu espírito generoso emergiram quase ao mesmo tempo. Interessante, não?

***

Além das miniaturas, Inês passa boa parte do dia falando ao telefone com a família. Uma tarde, antes de sair, deixo um bilhete.

"Você está gastando muito dinheiro com as ligações para Minas. A partir de agora, por favor, ligue a cobrar. Emílio."

À noite, no jantar, sinto Inês se controlando a muito custo. Sebastiana fala comigo por meio de monossílabos. As duas se uniram, definitivamente.
Eu me comporto como se nada tivesse acontecido.
Chegou a hora de provocar a assassina.

Provoco a assassina.
Não sou nada sutil. Ao esgoto com as sutilezas.

— O que você tem a falar sobre âncoras, Inês? Você gosta de âncora? Fala. Âncora. Fala, fala.

E canto “Fígaro” substituindo a palavra *fígaro* por *âncora*. “Âncora, âncora, âncora, lá, lá, lá!”

É possível visualizar écrons de pavor nos olhos de Inês. No entanto, ao contrário das outras vezes, o pavor não é suficiente para controlá-la. Ela avança sobre mim. Tenta me bater, arranha meu rosto. Eu apenas administro. Seguro suas mãos, me esquivo, dou risadas, falo uêpa!, a minha comprida está nervosa!
Inês pega o abajur e arremessa em minha direção. Desvio a tempo. O abajur se quebra todo.
O abajur está morto. Você matou o abajur, Inês.

Inês está descabelada, arfando em função do desgaste físico. A postura forçada pelo gesso não condiz com o que sente: ela continua ereta — psicologicamente corcunda. E não sabe o que fazer, me olha estarrecida. Me chama de louco, quer ir embora.

— Para onde, Inês querida? Você perdeu o emprego. Perdeu também o apartamento por falta de pagamento do aluguel. Você não tem dinheiro para comprar leite, Inês. Você não tem dinheiro para comprar pão. Muito menos remédios. Você não tem dinheiro para o seu tratamento. Você não tem dinheiro para voltar para Minas. Sua família não tem dinheiro para mandar te buscar. Eu fico, sinceramente, sentido com a sua situação, queria ajudar. Mas não vou. Você matou meu abajur.
— Eu tenho nojo de você.
— Vou anotar o custo do abajur. Paga quando puder. Algum dia, não tem pressa.

— Pára de falar dessa merda desse abajur!
— Era um bonito abajur.
— Se eu pudesse, eu te matava!

Se eu pudesse eu te matava. Se eu pudesse eu te matava. Se eu pudesse eu te matava.

Bingo.

Agora Inês desvendou a razão definitiva do meu bem-estar, da minha paz e, por que não dizer, da minha esperança. Como não me dei conta antes? Minha vida corre perigo. Simplesmente isso. O espaço oco da minha existência foi preenchido no sentido de me defender, de me manter vivo, de inspirar e expirar.
Instinto de vida.
Esta mulher, está claro, vai tentar matar-me — eu, a única pessoa que sabe que ela é uma assassina. (Talvez por isso ainda não tenha dado um jeito de sair daqui.)

***

Ajudo Inês. Dou excelentes idéias de como me matar, tudo disfarçado, falado nas entrelinhas. Inês não pode perceber que desejo ardentemente esta situação de perigo.

— Hoje fui ao médico. Estou com alguma coisa no coração. Nada grave. Mas o medicamento é forte, as doses têm de ser bem administradas.

Finjo que tomo o remédio. Finjo que vou à farmácia tomar uma injeção — outro medicamento. Deixo seringa, ampola, tudo à mostra. Mencionei também que estou tomando, de quando em quando, algo para me ajudar a dormir. Mostro o remédio.

O plano que eu idealizei para Inês matar este pobre que vos fala não poderia ser mais simplório: mistura de sonífero à minha bebida. E, durante o meu sono, a injeção, dose mortal. Como já faço o tratamento (pelo menos é o que ela acha), ninguém desconfiaria. Patético demais? Ingênuo demais? Certamente. No entanto, creio que a mente de Inês funciona desta maneira: primarismo absoluto. Acredito que assim ela matou o velho da abotoadura: relacionou-se com ele, muito provavelmente por interesse financeiro. Em algum momento ele se sentiu usado, descobriu o verdadeiro caráter de Inês e ameaçou dispensá-la. Inês o matou da forma mais imediata. A falha: pegou a abotoadura, resolveu usar em uma das suas miniaturas.

***

Acordo Inês com fungadas. Sexo matinal de olho aberto, rápido, uns nove minutos, não mais do que isso, não vejo razão para carícias demoradas. À tarde fico em casa, dou palpites a respeito de sua miniatura. (Ela fica nervosa quando não saio. Sinto que é hoje. Sim, Inês está pronta.)

— Você não vai trabalhar?
— Resolvi tirar alguns dias para cuidar de você.
— Ah...

Ah foi o mais polido que Inês conseguiu expressar. Se pudesse, atirava-me pela janela, 12 andares; eu inteiro espatifado no chão.

Quatro horas da tarde: a raiva de Inês está quase em ebulição. Especialmente depois que digo que ela sofre de algum problema bucal. "Seu hálito não está puro, querida, tente escovar a língua."
Finalmente, antes do jantar, mostro a conta de telefone.

— Você deve ter esquecido de ligar a cobrar. Precisamos pensar de que maneira vai me pagar. Talvez, quando você conseguir pegar o seu fundo de garantia. E ainda tem o abajur.

(Pela tua reação, Inês, vi que estou certo, estás prontíssima. Mas é preciso que tomes uma atitude, tesouro, que não fiques qual uma pata choca.)

Durante o jantar peço que Inês sirva o refresco. Dispenso o vinho, repito que não estou me sentindo bem, coloco a mão sobre o coração, suspiro. Neste momento simulo um telefonema urgente. Saio da mesa, mesmo com a mão no peito. Deixo a matadora à vontade. Pode colocar quantos soníferos quiser, Inês. O refresco está à disposição.

Demoro o tempo que calculo ser suficiente para que ela aja. Quando volto, finjo beber o refresco (também tenho meus truques). Um pouco depois simulo tontura, vou para o quarto. Inês se mostra preocupada, pergunta se quer que ligue para o médico. Não, só quero que fique ao meu lado.

Deito, fecho os olhos, finjo dormir profundamente.
Agora quem está pronto sou eu. Pronto para reagir, pronto para defender a minha vida. A adrenalina jorra aos borbotões. Que delícia, esta coisa de adrenalina.

Inês se levanta e vai tomar banho. Até agora não tentou injetar nada em mim. Levanto correndo, vou inspecionar o resto do refresco que fingi tomar. Experimento. Nada. Gosto de nada. Acho que não tem veneno, acho que é refresco puro.

Inês nada fez. Como é possível? Nada!

(És estúpida, Inês? Aparvalhada? Tinhas a oportunidade, o motivo, o meio e... nada?)

Agora, quem está revoltado sou eu. Que palhaçada é essa? Preparo tudo e a vaca não faz nada?

***

Dois meses se passaram e aparentemente Inês ainda não tentou matar-me.
Não por falta de tentativas minhas. Mês passado, por exemplo, fingi falar ao telefone com meu advogado, fingi sussurrar, falei onde escondo minha arma (cheguei a comprar uma arma especialmente para Inês tentar este belo homicídio). Falei de forma que Inês escutasse. Falei sobre assaltos que andam ocorrendo nas redondezas, pessoas inocentes mortas por bárbaros ladrões. Tenho certeza de que Inês conseguiria forjar um roubo, certeza.
Mais uma tentativa frustrada.

Certo dia deixei um bilhete: "Vou tomar um banho de banheira. Estou muitíssimo cansado, preciso relaxar, não me perturbem."

O que aconteceu? Novamente, lhufas.
Poderia Inês ter tentado afogar-me?
Tranqüilamente.

Estou começando a achar que Inês é obtusa. Com um bilhete desses o meu afogamento acidental seria plenamente aceito.

Ainda mais com o remédio para dormir que eu digo estar tomando.

(Inês, estou te dando todas as facilidades, todas as chances, as idéias. Que queres mais? Além disso, abordo a tua nuca todas as noites, sei que detestas, se pudesses furaria meus olhos com alegria. O que se passa, besoura?)

Ao contrário do que imaginei, Inês vem ficando um tanto mais apática nas últimas semanas. No começo pensei que se tratava de alguma estratégia para dar o bote fatal.
Começo a achar que não.

***

— Inês desistiu do ateliê, está fazendo miniaturas em casa. O acidente deixou marcas psicológicas mais profundas do que eu imaginava. Ela não quer ver ninguém conhecido.

Isto é o que falo para Euclides e Raul. Eles acreditam.

Estamos (eu, Joaquim, Bel, Euclides e Raul) em meio à cerimônia de premiação de Machado. Ele trabalhou como cenógrafo em uma peça de teatro que ganhou um prêmio em um festival no Nordeste. Um festival inexpressivo, prêmio inexpressivo. Peça mediana.

A festa que segue à premiação é simples, mas repleta de garçons. Nunca vi tanto garçom.

Machado nos apresenta o diretor da peça (um homem chamado Geílson Caldeiras) um pouco antes de este começar longo discurso. Joaquim me cutuca, tem horror a discursos.

Eu penso na minha cueca de número nove — para ocasiões festivas de cunho intelectual. Uma boa cueca, macia, elegante — no entanto, aperta uma gota meus ovos.

Momento delicado, estou de costas, no fundo do salão, tentando dar alívio às minhas *partes*. Ouço então o seguinte trecho do discurso: "... homenagear meu tio, morto há mais ou menos um ano...". Imediatamente lembrei-me do sobrenome do morto da Tijuca: Caldeiras.
O morto da Tijuca, assassinado por Inês.
O dono da âncora.

Palmas. Discurso elogiado.
Eu, deliciado com a situação, com as perspectivas que ela me traz.
Espero a primeira oportunidade e, fingindo consternação, pergunto para Machado sobre o tio de Geílson.

— O caso quase não foi divulgado. Um jornal ou outro. Sem muitos detalhes. Foi horrível. Um crime gratuito, não levaram nada.
— Como ele foi morto?
— Como *como*?
— Esquece.

Fim de festa. Aproximo-me de Geílson. Parabéns, estou curioso para ver outra peça sua, me interesso por arte de um modo geral, mas sou fã de teatro, penso inclusive em apoiar, patrocinar, dar qualquer tipo de ajuda, um povo sem cultura é um povo triste, um povo aparvalhado.
Geílson fica tocado com as minhas palavras. Um povo aparvalhado. Ele vai botar esta frase na boca de algum perso-

nagem. Gostei do que você falou, um povo aparvalhado. E, pensando em um possível patrocínio, se dispõe a me contar a respeito do seu próximo projeto.

***

Geílson está sendo esperado para as oito horas.
Inês está animada com a possibilidade de ver alguém que não eu, que não Sebastiana; por outro lado, não entende meu repentino interesse por teatro.

Seis horas.
Sebastiana faz as unhas de Inês na cozinha.
Pego o bilhete que deixei no dia anterior para Sebastiana, dando instruções para o jantar.

— A carne...?
— No forno.
— O suflê...?
— No forno.
— Você vai esquentar os dois ao mesmo tempo?
— Vou.
— O cheiro da carne vai passar para o suflê. Melhor colocar um de cada vez.

Sebastiana abre o forno com força, tira o pirex com a carne, coloca sobre a mesa. Analiso o pirex.

— Muita carne, muitas fatias amontoadas. A verticalização na apresentação dos alimentos é passado, Sebastiana.

A tendência é a horizontalidade. Bota na sua cabeça: horizontalidade.

— Ahã...

— E tem pouco tempero verde e muito pimentão. O pimentão era pra enfeitar. Eu te mostrei o livro, página 9, eu lembro. A foto do prato estava ampliada, era só imitar. Na foto tem a metade dos pimentões que tem aqui.

— Eu tentei...

— Talvez você precise de óculos. Eu só pedi para você copiar. Seguir a receita. As mesmas proporções. Estou cansado, Sebastiana.

Sebastiana vai para o quarto, eu sei que ela vai chorar. Inês, com os dedos das mãos dentro de uma bandeja de água e algodões entre os dedos dos pés, me olha com raiva. Você é um grosso, ela fala.

— Não é possível uma pessoa não conseguir copiar um prato, com fotografia. Página 9, uma fotografia enorme. Aliás, quatro fotografias; cada passo da receita, uma fotografia. E a última, gigantesca, nítida. Cinco fiapos de pimentão vermelho, eu lembro perfeitamente. Cinco! Aqui neste prato, quantos fiapos de pimentão? Dez? Doze? Vinte? Pimentão, pimentão, pimentão!

***

Geílson chega com uma namorada. Ou amiga. Bety.

Bety é o tipo da pessoa que acha tudo chato. Fala pouquíssimo; é óbvio que não queria estar aqui. Geílson faz perguntas para Inês sobre seu estado. Eu, rapidamente, tomo conta da situação, repito a mesma história que inventei para Euclides e o pessoal do ateliê (o acidente de automóvel, um carro bateu no táxi em que Inês estava). Inês escuta calada, submissa, olhos de cachorro. (Engraçado, a anatomia dos olhos de Inês mudou, eles estão caídos para os lados.)

Geílson conta a história da futura peça, empolgado. Vibra com os próprios pensamentos. Autoconfiante, ele. Se emociona quando fala do personagem principal, um homem que perde o emprego de escriturário na firma onde trabalhou 25 anos. O escriturário personifica a história real de seu pai. Meu pai trabalhou 25 anos em uma firma, não fazia mais nada da vida, um escriturário exemplar, nunca atrasou, nunca foi trabalhar com um terno amarrotado. E foi mandado embora. Nunca vou esquecer do meu pai no dia da demissão. Ele chorou uns quarenta minutos seguidos na frente de um prato de macarrão, enquanto minha mãe espetava uma peça de carne assada — deve ter espetado aquela carne mais de mil vezes, a carne ficou estraçalhada. A Bety vai fazer o papel da minha mãe na peça. Mostra um pedacinho da cena, Betynha.
Bety não quer mostrar, Geílson insiste, só a parte em que ela espeta a carne com raiva, o que que custa?, só para eles terem uma idéia.
Bety, a má vontade estampada no rosto, acaba representando a cena. Ela pega a faquinha da pasta de ovo e começa a esfaquear o próprio casaco, repetindo: "Nojentos. Desgraçados. Nojentos."
Inês tem um ataque de riso. Não consegue parar. Talvez esteja botando para fora a humilhação por que tem passado. (Vocês sabem, humilhação torna qualquer ser humano um bujão de gás, prestes a explodir.)

Bety quer ir embora. Geílson não deixa. Eu repito para Geílson a lengalenga sobre as seqüelas psicológicas que o acidente deixou em Inês.
Ela pára de rir, pede desculpas, diz que está descontrolada.

— Ficar três meses engessada sem poder sair de casa, tendo que ser ajudada no banho, longe da família, não é fácil, me desculpem, a cena é forte, eu é que estou mal, eu gostei da cena, você está fazendo muito bem, Bety, sua expressão está perfeita.

Bety não engole a desculpa, Geílson também não.
Mas precisam do dinheiro.
Cruel, isto é cruel.

Depois do jantar (servido por mim, já que Sebastiana foi embora, disse para eu me danar aquela noite), sirvo o café em louça fina.
Café com biscoitos de nozes.

Entro de sola no assunto que me interessa.
— Sinto muito pelo seu tio. Que morte estranha, não? Você se incomoda que eu toque neste assunto?
— De forma nenhuma. Às vezes tenho até necessidade de falar.

Olho de esguelha para Inês. Ela se concentra no chão, me parece contar o número de tacos.

— (Eu) Inês, você sabia que o tio do Geílson foi assassinado no ano passado? Em um apartamento da Tijuca.
— (Inês) É? Nossa...
— (Eu, para Geílson) Como ele morreu?

— (Geílson) Uma pancada na cabeça com uma trave de carro.
— (Eu) Engraçado... pela foto do jornal não parecia...
— (Geílson) Mas... então você já sabia?
— (Eu) Depois da noite do prêmio eu lembrei ter visto o caso em uma revista. Tenho a revista. Não parecia ter tido qualquer tipo de luta.
— (Geílson) Não teve. Não se sabe se ele conhecia a pessoa ou não. Parece que, de repente, foi atacado.
— (Eu) O que você acha, Inês?
— (Inês) Eu? Acho horrível.
— (Eu, para Geílson) Você sabia que eu percebi uma coisa interessante, quando vi a foto do seu tio?
— O quê?
— As abotoaduras.
— Abotoaduras...?
— Em forma de âncora.

Olho novamente para Inês. Dessa vez ela também me olha. Fixamente. Explico para Geílson a minha teoria: alguém ficou com a abotoadura em forma de âncora que ele usava horas antes do crime, na foto com a irmã. Mostro a foto depois da tragédia, faltando uma das abotoaduras. Geílson está confuso, não sabe o que pensar.
Não falo mais nada e ofereço licor.

***

— O que você achou deles?
— Eu? Nada.
— Como assim, nada?
— Nada.

— E a história das abotoaduras?

(Minha cara Inês, reaja, faça alguma coisa!)

— O que é que tem a história das abotoaduras?
— Você não reconheceu? É a abotoadura da sua miniatura. A âncora da parede. Exatamente.

Animado, mostro a revista.
Olho para Inês, ela está pálida. Sua frio, começa a passar mal. Quero ir embora, ela repete sem parar, quero sair daqui, você está me assustando, o que você quer de mim?

— Calma, não vai acontecer nada, fica tranqüila.

Inês vomita no tapete da sala e começa a tremer.
— Eu quero ir embora daqui, me deixa, me larga. Eu nunca te fiz mal.

— Eu sei que você nunca me fez mal, Inês. Nem vai fazer. Porque você é uma boa moça. O episódio da abotoadura foi isolado. Eu te entendo. Você queria a âncora.
— Você...
— Eu imagino que tenha sido impulso.
— Mas...
— Você queria a âncora e não pensou nas conseqüências.

E então Inês fala algo que me choca profundamente.

— Foi você que me deu a âncora de presente, Emílio!! Você! Assim que eu entrei no ateliê e estava fazendo a minha cabine!

Por um momento pareceu-me que alguns dos meus neurônios foram atacados com paus e pedras.

— Eu que te dei, né, Inês? Muito engraçado, isso.
— Você me deu! Eu quero ir embora.
— Cala a boca. Você bebeu.
— Por favor...
— Cala a boca! Eu não te dei abotoadura de âncora nenhuma!
— Deu! O José Estêvão estava perto. Ele viu.

Começo eu a ficar tonto. Algum mecanismo começa a falhar. Tudo escurece, vejo alguns pontos de luz. Começo a emitir um som estranho, sem parar, um som agudo. Eu não estou bem, não estou. Imagens surgem na minha memória.
Um banco, um gerente, um velho que não consegue sacar dinheiro porque está sem cheque, um gerente desatencioso que diz não posso fazer nada pelo senhor.
Continua tudo escuro, eu começo a dar murros na parede, estou agindo feito louco.
Outras imagens aparecem, são fragmentos, *flashes*, eu me oferecendo para trocar o dinheiro do velho, eu sempre ando com dinheiro no bolso, eu acompanho o senhor até o seu apartamento, o senhor me dá o cheque, que imagem é essa?, de repente me vejo segurando algo comprido, agora mudou, agora é uma imagem de elevador, as imagens estão se confundindo, se misturando, alguém comigo no elevador, esse alguém é homem, esse alguém é velho, esse alguém é o velho do banco, de novo a imagem de algo comprido na minha mão, luzes, tontura, bato ainda mais na parede, a sala do apartamento do velho, entra, o velho diz, eu vou pegar o talão, muito obrigado por este seu gesto, eu realmente preciso do dinheiro agora, o velho vai para o quarto, eu vejo esse objeto comprido, luzes, tontura, volta a imagem do elevador, eu lembro da abotoadura que vi no punho do velho ainda no banco, a abo-

toadura novamente, ela vai me ser útil, eu agora lembro perfeitamente da sensação, de que aquela abotoadura seria boa para a minha vida, eu poderia dar de presente à moça nova e alta que entrou para o ateliê, a moça se chama Inês, eu precisava da abotoadura, tudo escuro, neurônios desgovernados, a imagem volta para o apartamento do velho, eu pego o objeto comprido e acerto a cabeça dele. O velho cai no chão, eu pego a abotoadura e vou embora.

Inês pega o telefone. Eu, muito rápido, corto os fios, depois tranco a porta de casa. Inês então se arrasta com aquele gesso e se tranca no quarto de hóspedes. Começo a bater na porta.

— Sai daí, Inês! Não é nada disso que você está pensando! Eu encontrei a abotoadura na rua. Encontrei e te dei. Sai daí!

Inês não abre a porta.
Melhor assim, preciso de tempo para pensar.

Eu matei o velho. Matei. Matei para dar a abotoadura para Inês. Para ela colocar na cabine. E esqueci de tudo, impressionante. Esqueci.

O fato é que a minha vida de vazios estava me enlouquecendo. Eu precisava forjar outra realidade, encontrar uma razão para viver: dar a âncora para Inês e viver a fantasia de estar ao lado de uma assassina. Eu sabia que isto me daria motivo para viver: me defender da assassina.
Eu criei uma história para mim.

Dou socos na porta, abre isso, Inês, agora é sério.

Inês me chama de assassino, diz que vai contar tudo para a polícia, berra pela janela.
Eu não tenho outra alternativa.
Arrombo a porta, seguro a boca de Inês e a obrigo a tomar meu sonífero. Inês desaba no chão. O gesso quebra.
Pego o remédio para o coração, pego a injeção e lhe aplico a dose fatal (a que seria para mim).
Imediatamente pego papel, lápis e escrevo: "Inês, pára com essa história de não agüentar a vida. Você tem tudo pela frente. Você só está um pouco perturbada. Já disse que seria melhor procurar um psicólogo."

Sebastiana vai falar a meu favor, tenho certeza. Vai dizer que seria perfeitamente normal eu deixar um bilhete para Inês, eu deixava bilhete para tudo.

Coloco Inês na cama, junto à seringa. Limpo as impressões digitais da seringa. E deito ao seu lado. (Apenas curiosidade de passar a noite ao lado de uma mulher sem vida.)

Já é tarde, não quero que os vizinhos percebam nenhuma movimentação noturna, de modo que apago as luzes.
E acendo uma lanterna.
Ilumino o rosto de Inês e a observo até o amanhecer. Não a cheiro mais.

Pela manhã, ligo para a polícia.

***

Converso com um policial em meu apartamento.

— Ela deve ter resolvido tomar esses negócios depois que eu dormi.
— O senhor acha que ela queria se matar?
— É possível. Estava deprimida.
— E esse bilhete? O senhor escreveu para ela?
— Escrevi semana passada porque ela estava falando essas bobagens. É um hábito meu, eu sempre escrevo bilhetes. Foi horrível quando tentei acordá-la de manhã.

***

O enterro foi muito triste. Alguns parentes vieram de Minas, eu paguei a passagem. Fiquei impressionado com o choro, com o desespero. Muitos me olhavam com raiva.

Joaquim, Bel, Euclides, Raul, Machado, José Estêvão. Todos presentes. Mais algumas pessoas do seu antigo trabalho e duas vizinhas. Sebastiana chora copiosamente.

Lembro de Vicente, de meu pai, de minha mãe. (Cueca de número dez.)

***

Tristíssimo eu estou.
Minha vida voltará ao pó, ao vazio.
Desespero.
Angústia lá em cima.
Resta apenas uma tarefa emocionante: eliminar José Estêvão.

Sim, José Estêvão precisa ser eliminado, ele me viu dando a âncora para Inês. Se algum dia juntar as peças...
Não será difícil. Matar não é difícil. Além do que, consome tempo, ajuda a vida a passar. Especialmente para quem tem todo o tempo do mundo para planejar.
E eu tenho todo o tempo do mundo.
E é muito, todo o tempo do mundo.

(José Estêvão, estás frito. Inês já se foi. Rebelou-se, mostrou-se tinhosa, matou meu abajur. Veremos você. Veremos você. Quanto ao cheiro... Cheiras a quê, José Estêvão?)

Fim

EDITORA OBJETIVA LTDA. Rua Cosme Velho, 103
Rio de Janeiro – RJ – CEP 22241-090
Tel.: (21) 2556-7824 – Fax: (21) 2556-3322
www.objetiva.com.br

Capa
Carolina Vaz

Revisão
Taís Monteiro
Damião Nascimento

Editoração Eletrônica
Abreu's System Ltda.

P154m
Palatnik, Elisa
A miniatura / Elisa Palatnik. – Rio de Janeiro : Objetiva, 2005

145p. ISBN 85-7302-704-5

1. Literatura brasileira - Romance. I. Título.
CDD B869.3

---

markgraph
Rua Aguiar Moreira, 386 - Bonsucesso
Tel.: (21) 3868-5802 Fax: (21) 270-9656
e-mail: markgraph@domain.com.br
Rio de Janeiro - RJ

28,90